고전 속에 누가 숨었는고 하니

소수자의 시선으로 고전 읽기

고전 속에 누가 숨었는고 하니

초판 1쇄 펴낸날 | 2019년 1월 8일

지은이 | 조현설
펴낸이 | 홍지연
펴낸곳 | 도서출판 우리학교

편집 | 김영숙 김나윤 이혜재 정아름 김민정 한지연
일러스트 | 소냐리
디자인 & 아트디렉팅 | 스튜디오 헤이,덕
마케팅 | 이송희
관리 | 김세정
인쇄 | 공간

출판등록 | 제313-2009-26호(2009년 1월 5일)
주소 | 03993 서울시 마포구 동교로 23길 32 2층
전화 | 02-6012-6094
팩스 | 02-6012-6092
이메일 | woorischool@naver.com

ISBN 979-11-87050-82-7 43810

이 도서의 국립중앙도서관 출판예정도서목록(CIP)은 서지정보유통지원시스템 홈페이지(http://seoji.nl.go.kr)와 국가자료공동목록시스템(http://www.nl.go.kr/kolisnet)에서 이용하실 수 있습니다.(CIP제어번호: CIP2018042230)

• 책값은 뒤표지에 적혀 있습니다.
• 잘못된 책은 구입한 곳에서 바꾸어 드립니다.

고전 속에 누가 숨었는고 하니

조현설 지음

소수자의 시선으로 고전 읽기

우리학교

차례

저자의 말

그들이 말하게 하라!

『홍길동전』의 주인공 홍길동은 홍 판서와 노비 출신의 첩 사이에서 태어난 인물입니다. 조선 시대 자녀의 신분은 어머니의 신분에 따라 정해졌어요. 이를 종모법이라고 하지요. 그래서 길동은 벼슬 높은 아버지를 두었음에도 불구하고 노비와 신분이 다르지 않았습니다. 홍길동은 이런 자신의 처지를 받아들일 수 없었습니다. 그래서 집을 나가 도둑 떼의 우두머리가 되었고, 마침내는 율도국의 왕이 됩니다. 이야기가 펼쳐지는 과정에서 홍길동의 신분은 홍 판서의 얼자(孽子), 활빈당의 두목, 율도국의 왕으로 변합니다.

왕은 대단한 권력을 가진 존재였지요. 어떤 집단이든 집단의 우두머리도 마찬가지입니다. 그렇지만 홍길동은 율도국 백성들과의 관계 속에서 왕이고, 활빈당 도둑 떼와의 관계 속에서 우두머리일 뿐입니다. 두목이 되고 왕이 되었어도 홍 판서의 집안에서는, 홍 판서를 둘러싼 조선이라는 국가 사회 속에서는 미천한 얼자일 뿐이었습니다. 조선 사회에는 홍길동처럼 천한 신분을 지닌 사람들이 홍 판서 같은 사람들보다 훨씬 많았어요. 홍길동은 홍 판서와의 관계 속에서는 힘없는 약자였습니다. 홍 판서 집안의 종들도 그랬겠지요.

소수자란, 이처럼 수의 많고 적음이 아니라 관계에 따라 결정되는 개념이에요. 홍길동은 아버지와의 관계 속에서, 조선의 신분 제도 안에서 소수자였던 것입니다. 활빈당이나 율도국 안에서는 당연히 소수자가 아니겠지요.

『홍길동전』은 허균이 썼다고 해요. 그런데 허균만큼 유명한 인물이 누나 허난설헌이지요. 둘은 어려서 이달이라는 유명한 시인한테 배웠는데 허난설헌은 여덟 살 때 어른들을 깜짝 놀라게 한 한시를 지은 천재였어요. 아버지는 대사성 벼슬까지 지낸 허엽이었고요. 하지만 난설헌은 여자였어요. 조선 시대에 여자란 아무리 신분이 높고 똑똑해도 뜻을 펴기 어려웠어요. 후손을 낳아 잘 기르는 것이 여자의 타고난 소임이자 미덕이라고 가르쳤던 사회였으니까요.

허균의 소개 덕분에 중국·일본에까지 시가 알려져 격찬을 받았던 허난설헌이었지만 그의 사회적 위치는 소수적일 수밖에 없었습니다. 남성 중심적인 조선 사회의 제도가 그를 소수자로 만든 셈이지요. 그를 가르쳤던 스승 이달도 서자라는 이유로 관직에 나아갈 수 없었던 조선 사회의 또 다른 소수자였습니다.

허난설헌이나 이달은 소수자였지만 그래도 시로 이름을 남겼고, 소설의 주인공이긴 하지만 홍길동은 소수자로 태어나 왕까지 되었지요. 그러나 역사 속에는 이름을 남기지 못하고 사라진 무수한 소수자들이 있습니다. 천민이기 때문에, 여자이기 때문에, 신체적 장애를 지녔기 때문에, 반동적인 사상을 가졌기 때문에 소수자가 될 수밖에 없었던 사람들이지요. 누가 이들을 기억할까요?

바로 문학예술이 그 일을 합니다. 감수성이 예민한 작가들이 소외된 이들 소수자의 모습을 작품 안에 담아 기억하는 것이지요. 때로는 작가 스스로가 소수자 의식을 가지고 자신의 처지를 작품으로 남기기도 했고요. 그렇기 때문에 우리는 소수자의 시각으로 고전 문학 작품들을 다시 읽어볼 필요가 있는 것입니다. 그래야 그간 안 보이던 작품의 의미가 더 풍부하게 포착될 수 있으니까요.

지금 우리 사회에는 각양각색의 소수자들이 있습니다. 신분 제도는 사라졌지만 가난 때문에 차별받는 사람들, 법적 차별은 없다고 하지만 알게 모르게 소외당하는 여성들, 장애인 시설 건립 반대 시위가 잘 보여 주는, 멸시당하는 장애인들. 정치적·경제적 이유로 우리 사회에 들어와 있는 난민들, 또는 탈북민들, 성적 소수자인 LGBTQ(레즈비언Lesbian·게이Gay·양성애자Bisexual·트랜스젠더Transgender·퀴어Queer) 등등. 이들 소수자는 우리 사회가 얼마나 건강한지를 재는 온도계와 같은 존재입니다. 세계를 돌아보면 소수자들이 정당한 대우를 받는 사회일수록 선진국이니까요. 우리가 지금 여기서 소수자의 눈으로 고전 문학 작품을 음미하는 것은 고전을 새롭게 읽어 보는 뜻도 있지만 동시에 현재를 반성해 보는 뜻도 있을 것입니다. 이런 것이 고전과의 대화이고 고전의 현재적 의미겠지요.

이 작은 책에 실린 열 편의 글은 10여 년 전 청소년 잡지 등에 연재했던 글들입니다. 다시 읽어 보니 시의에 맞지 않은 부분이 다소 있어 새로 다듬었습니다. 하지만 그때나 지금이나, 앞으로도 오랫동안 소수자의 시각은 긴요하리라는 생각을 지울 수 없습니다. 세계 도처에 고통받는 소수자들이 있고, 있을 테니까요.

끝으로 흩어져 있던 글들을 보배로 꿰어 준 출판사 우리학교에 고마움을 전합니다.

2019년 1월 관악산 아래서 저자

1
삶의 변두리를 사랑하라

삶의 변두리를 사랑하라

무얼 생각하는지 물으면

생각느니 저 북쪽 바닷가

북방의 아리따운 선녀

부령 땅 연희와 밀어를 나눈 일

빙설 같은 영혼 옥 같은 자태

붉은 입술 하얀 이 까아만 눈썹

칠흑 같은 귀밑머리 구름처럼 날리고

희디흰 손가락 살결은 윤이 났지

몸짓은 그윽하고 뜻은 높아 기운은 정숙하고

산처럼 물처럼 부드럽고 따뜻했지

우러른 듯 수그린 듯 몸가짐 편안하고

밝고 깨끗하고 공손하고 단아했지 (「부령 땅 연희」)

시의 화자는 아마도 저 북방 부령에서 연희라는 아가씨와 사랑의 밀어를 나눈 일이 있는 모양입니다. 지금은 헤어져 남쪽 어딘가에 있지만, 화자는 연희의 자태를 묘사하는 데 온통 시어를 낭비해 가며 그리움을 절절히 드러내고 있습니다. 낭만적인 사랑의 시 그 자체지요. 그런데 이 시가 조선 시대 한 사대부 남성의 작품이라면 어떨까요? 놀랐나요?

우리는 흔히 사랑의 감정을 노래한 이런 시는, 여성의 외모를 이렇게 감각적으로 표현한 시는 근대에 접어들어서나 만날 수 있을 것으로 지레짐작합니다. 조선 시대의 한시를 임금에 대한 충의를 표현하고 도의(道義)를 드러내는 시, 풍경을 묘사하고 그를 통해 흥취를 나타내는 시, 또는 다산 정약용을 비롯한 실학파 문학가들이 지은, 민중들의 고통스러운 삶을 사실적으로 표현한 시 정도로 이해합니다. 그러나 그것만이 아닙니다. 개인의 정감을 중시하고 감각적인 표현을 추구한 시인들이 없지 않았다는 것을 알아야 조선의 시를 제대로 이해할 수 있습니다. 연희를 향한 끝없는 그리움, 북방 생활에 대한 동경을 노래한 담정(藫庭) 김려(金鑢, 1766~1822)의 시집 『사유악부(思牖樂府)』가 좋은 예지요. 연희라는 여성에 대한 그리움을 진솔하게 표현한 앞의 시는 바로 『사유악부』 가운데 한 편입니다.

그렇다면 이런 물음이 솟구치지 않을까요? 어떻게 김려는 이런 시를 창작할 수 있었을까? 당대의 일반적인 시풍이 이런 것이었다면 따로 물을 필요도 없을 겁니다. 그러나 그 시절의 시풍은 이렇게 감정을 솔직하게 표현하는 것을 금기시했습니다. 감정의 절제와 조화, 이것이 조선 시대를 관통하는 사대부들의 마땅한 미의식이었습니다. 김려의 시는 사대부들의 일반적인 미의식을 위반하고 있습니다. 여기에 문제가 있습니다.

김려는 18세기 말 19세기 초를 살았던 사람입니다. 이 시기는 신분 차별에 기초한 중세 사회가 흔들리던 시대, 그리고 한편에서는 새로운 사회의 밑그림을 그려 보던 시대였습니다. 이런 혼돈과 모색의 시공을 살았던 김려는 꽤나 이름 있는 집안 출신이었어요. 인목 대비의 아버지 김제남이 7대조였으니 말이지요. 그러나 사화(士禍)의 와중에 가문은 몰락의 길을 걸었습니다. 아버지 대에 이르러 가세가 다소 호전되기는 했지만 권력의 중심에서 벗어나 있기는 마찬가지였습니다. 그 때문이었을까요? 그는 과거를 통해 성균관에 들어가고서도 주로 주변적 그룹, 다시 말하면 문학에 있어서 이전과는 다른 새로운 감수성에 주목하는 청년 문인들과 어울립니다. 바로 저 『사유악부』가 보여 주는 세계, 시를 통해 진솔한 감정을 가감 없이 드러내는 세계는 거기서 탄생했던 것입니다.

그런데 그게 문제였습니다. 중세 조선에서 새로운 감수성과 문체는 문학의 문제만이 아니라 정치의 문제였습니다. 정조의 문체반정을 통해서도 알 수 있듯이 경전에 기초한 순정한 문체가 국가 공인 문체였습니다. 연암의 소설에서 볼 수 있는 문체, 김려 등의 시에서 볼 수 있는 여성적이고 정감적인 문체는 반동이었습니다. 그래서 당대 정치 권력을 쥐락펴락하던 노론 벽파(僻派)들은 서학(西學, 천주교)과 연루시켜 이들에게 시비를 겁니다.

1797년 김려는 강이천, 김이백 등과 함께 어울려 서학을 논했고, 서해 어떤 섬에 깊은 진리를 깨달은 진인(眞人)이 있다는 유언비어를 퍼뜨렸다는 이유로 심문을 받고 함경도 부령으로 유배길에 오릅니다. 뚜렷한 범죄 사실이 드러나지 않아 그나마 유배형에 그친 것이지요. 그 후 김려는 신유사옥(1801) 때 서울로 압송되어 심문을 받고 다시 진해로 유배됩니다. 그리고 1806년 유배가 풀릴 때까지 10여 년의 긴 유배 생활을 보냅니다.

"나를 키운 건 팔 할이 바람"이라는 서정주의 시구처럼 김려의 문학을 키운 것 가운데 팔 할이 유배였다고 한다면 과언일까요? 김려는 열여섯 살에 성균관에 들어가 유배 전까지 성균관을 출입하면서 새로운 감수성을 지닌 청년들과 벗합니다. 이안중, 이옥, 김조순 등등의 이름이 그 명단에 있습니다. 이들과의 교류를 통해 중국 남방계 문학 작품에 깊은 공감을 느끼면서 대단히 여성적이고 낭만적인 시를 창작하게 되지요. 이런 새로운 경향도 문제적이었지만 그것이 담정에게는 유배와 연결되면서 하나의 육화된 사상이 됩니다.

그는 부령과 진해에서의 유배 기간 동안 하층민들의 삶의 실상과 만나면서 그들 삶 속으로 깊이 들어갑니다. 벗이 되어 그들 삶을 깊이 이해합니다. 지배 권력의 일원인 사대부의 관찰자적 시선이 아니라 무관·아전·상인·농민·아이·기생·어부 등과 어울리면서 민중 생활자의 시선을 체득하게 됩니다. 말하자면 유배는 김려의 몸의 감각마저 소수자의 것으로 만들었던 셈이지요. 『사유악부』는 김려의 이런 '소수자 되기'가 빚어낸 19세기 조선 시 문학의 탁월한 성취라고 해도 좋을 것입니다.

무얼 생각하는지 물으면
생각느니 저 북쪽 바닷가
연못에 붉은 연꽃 천만 송이 피었는데
연희가 그리워 보고 또 보네
정도 같고 뜻도 같고 사랑도 같아
한 줄기에 난 두 송이 연꽃 어찌 부러웠으리
백 년 기쁨이 원망으로 변하고
좋은 인연이 나쁜 인연 되었네
하늘 끝 땅끝에 산과 강이 막혀
한스런 이별 노래 허공에 죽도록 불러 본다
전생에 무슨 죄로 이런 고통을 겪는지
연희야 연희야 어쩌란 말이냐

김소월의 시를 연상케 하는 이 한없는 그리움의 노래에 등장하는 연희(蓮姬)는 성은 지(池), 본명이 연화(蓮花)인 부령의 기생이었습니다. 김려는 연희를 유배지 부령에서 만납니다. 두 사람의 실제 관계가 어느 정도였는지는 알기 어렵지만 『사유악부』에 실려 있는 '연희에 대한 시편들'을 읽어 보면 김려가 연희를 몹시 사랑했다는 느낌을 지우기 어렵습니다. 멀리 진해에서 죽도록 부르던 이름 연희, "부르다가 내가 죽을 이름이여!" 이건 거의 10대의 상사병 수준입니다.

그러나 김려에게 연희는 기생만도 아니고 연인만도 아니었습니다. 유배지의 삶이란 담당 관리나 아전들의 감시와 모멸을 견디며 살아야 하는 신산(辛酸)한 것인데 어떤 인연이었던지 기생 연희는 김려를 찾아와 말벗이 되어 줍니다. 뿐만 아니라 그를 위해 철 따라 의복을 마련해 주고 부모의 기일에는 직접 제사상까지 차려 줄 정도로 정성스러웠습니다. 시와 그림 등 예술적 재능이 남달랐던 연희, 뜻이 통하는 사람을 기다리고 있던 연희의 눈에 문예적 재능과 시적 감수성이 번득이던 김려가 단번에 포착되었기 때문이 아닐까요? 연희의 속내를 알아보기는 김려도 마찬가지, 김려는 연희를 지기(知己)로 여깁니다. 조선 시대 사대부 남성들이 놀이의 대상으로 만나던 기생이 아니라, 김려에게 연희는 벗 김조순과 마찬가지로 서로를 알아주는 벗이었습니다.

김려는 어떻게 기생 연희를 벗으로 여길 수 있었을까요? 그것은 김려가 여성을 남성과 동일한 인격체로 인정했기 때문일 것입니다. 사대부들의 유흥장에서 노래를 부르고 술을 따르는 해어화(解語花)가 아니라 기녀 역시 생각과 감정을 지닌 평등한 인간이라는 인식 때문이 아니었을까요? 김려의 이런 태도는 단지 자신이 사랑했던 한 여성에 대한 것만은 아니었습니다. 김려는 주변에 있는 뛰어난 여성들에 대한 전기 쓰기를 통해 그것을 표현했습니다. 심지어 김려는 이씨 성을 가진 술집 주모를 애도하는 시를 짓기도 합니다. 우리는 김려의 이런 글쓰기에서 사회적 소수자에 대한 그의 깊은 애정을 느낄 수 있습니다. 스스로 삶의 변두리로 밀려나 소외된 삶을 살아가는 이들의 일상을 애정 어린 시선으로 바라보았던 것이지요. 여기에 김려 문학의 진정성이 있습니다.

연희는 『사유악부』에서 커다란 상징성을 지니고 있습니다. 연희는 김려의 사랑의 대상이자 김려가 사랑했던 변두리의 삶을 대표하는 존재라고 할 수 있습니다. 김려는 연희를 사랑했던 만큼 연희의 삶 주변에 포진해 있던 민중들의 삶을 깊이 사랑했습니다. 이 사랑은 새로운 문학관을 추구했던 그의 세계관에서 나온 것이지만 동시에 그의 유배 체험에서 구체적 얼굴을 얻은 것이지요. 유배자의 처지로 밀려남으로써 약자의 위치에서 세상을 바라보는 관점을 획득하고, 거기서 더 나아가 소수자들과 자신을 동일시함으로써 그들의 삶 속으로 깊이 들어갔던 것입니다. 다음 시가 보여 주는 세계가 그렇습니다.

무얼 생각하는지 물으면
생각느니 저 북쪽 바닷가
부령의 술친구들 모두 나이 지긋한데
나와 백능까지 모두 여덟 명
국보는 소처럼 마셔 몸을 못 가누고
익보는 하루에도 거뜬히 백 잔
담수는 밥보다 술지게미를 좋아하고
권가는 취하면 더욱 온순해지네
문성은 번쩍번쩍 눈에서 빛이 나고
언소는 벌컥벌컥 항아리째 마시네
그대들 생각하나 볼 수 없어

괴로운 이 마음 가슴이 터질 듯하네

김려는 이 시에서 함께 술을 마시던 부령의 아전들을 그리워하고 있습니다. 가슴이 터질 만큼 술꾼들이 그리운 것은 술이 그리워서가 아니지요. 술을 마시면서 나눴던 신분을 초월한 우성, 혹은 미친 듯이 술을 마시지 않을 수 없었던 아전들의 주변부적 삶에 대한 깊은 공감, 공감에서 우러나오는 조선 사회의 부조리에 대한 불만 때문에, 그것을 함께 나눌 친구들이 곁에 없어서 가슴이 터질 듯 그들이 그리웠던 것입니다.

김려의 조선 사회를 향한 터질 듯한 불만은 그의 시에서 "늠름해라 사진의 저 우 씨 아낙 / 그 같은 기개는 고금에 없었네 / 한밤중에 도적 들어 시어미 달아나고 / 그 여자 맨손으로 도적과 맞섰는데 / 얼굴을 연신 창에 찔리면서도 / 나무 안고 버티며 도적을 야단쳤네 / 듣자니 포교들이 뇌물을 받아먹고 / 쉬쉬하며 이 일 숨겨 알려지지 않았다네 / 도호여, 도호여, 명문자제로서 / 인륜을 모르면서 어찌 백성을 다스리나"와 같은 비판으로 표현됩니다. 뇌물이나 받아먹고 민중의 삶을 외면하는 포졸이나 그들의 관리자인 부령 도호부 도호의 무능을 씹고 있는 것입니다.

이런 불만은 때로 직접적이고 격정적인 표현으로 표출되기도 합니다.

무얼 생각하는지 물으면
생각느니 저 북쪽 바닷가
연천 남씨네 며느리 불쌍하기도 하여라
그 원한 하늘에 맺혀 없어지지 않으리
시아버지 시어머니 어질고 어질지만
며느리 팔자가 기박할 뿐
손가락 부러지고 머리가 터지는 것이야 달콤하지만
더러운 이름을 남기는 게 한스러울 뿐
잠깐 사이 강물을 물들이는 아낙의 피
강 위에 날리는 꽃잎처럼 천고에 붉구나
바라건대 그녀의 혼 여귀(厲鬼)가 되어
유씨 집안이 다하도록 잡아 죽이기를

변두리의 삶에 대한 사랑이 없었다면 이런 저주에 가까운 시적 표현이 가능했을까요? 연천에 살던 부자 남제인의 며느리 정 씨를 조 아무개가 죽였는데 시아버지의 뇌물을 받고 부령의 도호 유상량이 사건에 대한 조사를 중지시켜 버립니다. 이렇게 되면 억울하게 죽은 며느리는 한을 풀 길이 없어집니다. 한을 못 푼 귀신, 이름 없이 떠도는 귀신이 여귀지요. 그래서 김려는 자신이 죽은 며느리를 대신해서 부령의 도호를 고발하고, 그에게 저주를 퍼붓는 것입니다.

설제를 미덕으로 아는 유가의 윤리학을 벗어나는 이런 표현은 스스로를 약자들의 삶 속으로 던지는 '소수자 되기'의 철학 없이는 불가능한 것입니다. 김려는 체면을 돌보지 않고 그 속으로 몸을 던졌던 시인입니다. 여기에 김려의 문학과 그의 시집 『사유악부』를 지금 되짚어 보는 까닭이 있습니다.

2 전란을 이겨 낸 약자들의 연대

전란을 이겨 낸 약자들의 연대

지금도 어디선가 전쟁의 총성은 울리고 있습니다. 총성이 울리면 누군가 죽습니다. 가족이든 벗이든 곁에서 사라집니다. 생사를 모르는 경우도 허다하지요. 피난 가다 헤어진 가족들, 혹은 어디론가 끌려간 사람들. 이 모든 이별은 고통을 낳습니다. 전쟁을 일으킨 극소수 권력자들의 축배를 제외하고 전쟁의 고통에서 예외는 없습니다.

전쟁은 문학을 낳습니다. 전쟁의 체험은 고통스럽지만 그것은 반드시 되짚어 봐야 할 체험이기 때문에 문학 작품으로 형상화됩니다. 체험이 아니더라도 작가는 작품 속 사람들의 입을 통해 전쟁을 이야기합니다. 전쟁은 재미있고 즐거운 일이니 작품을 통해 전쟁 연습을 하자고 전쟁 이야기를 하는 작가는 없을 것입니다. 그러니 전쟁은 저주이지만 문학은 축복이 아니겠는지요?

우리 역사에 얼마나 많은 전쟁이 있었던가요! 삼국 통일 전쟁에서 몽골과의 싸움, 혹은 임진왜란에 이르기까지. 전쟁은 적지 않은 문학 작품을 탄생시켰지만 전쟁이 낳은 고전 문학 가운데 소설의 백미는 『최척전』일 겁니다. 1621년 조위한이 지은 한문 소설인 『최척전』은 분량은 중편이지만 스케일은 장편 이상입니다. 주인공 최척과 이옥영의 사랑과 결혼, 그리고 정유재란으로 인한 헤어짐과 10여 년 만의 만남, 또다시 십수 년이 지나 고향으로 돌아오기까지의 이산과 재회의 드라마가 한국과 중국, 그리고 일본과 베트남 등지를 무대로 펼쳐지고 있기 때문이지요. 여러 해 전 KBS 라디오의 〈문화 포커스〉라는 프로그램에 나가서 『최척전』 이야기를 하면서 "이 작품이야말로 아시아를 함께 다룰 수 있는 대하드라마감이다. 새로운 한류를 불러일으킬 만한 문화 콘텐츠다."라고 목소리를 높였던 기억이 납니다. 『최척전』 말고는, 전쟁을 매개로 동아시아 전체를 하나의 무대에 올린 고전 소설이 없으니까요.

하지만 『최척전』을 우리 고전 소설의 백미로 보는 까닭은 다른 데 있습니다. 전쟁의 고통을 절절하게 형상화해 낸 점도 평가할 만하고, 전기(傳奇) 소설의 계보를 잇고 있음에도 불구하고 사실성이 돋보이는 점도 중요하고, 대하소설만 한 스케일도 눈여겨볼 대목이지만 저의 관심사는 정작 다른 데 있습니다. 이건 아마도 그간의 무수한 『최척전』 읽기가 건너뛴 페이지일 것입니다.

최척은 아버지의 친구에게 글을 배우러 갔다가 그 집에 얹혀살고 있던 과부 심 씨의 딸 이옥영을 만나게 됩니다. 전기 소설의 10대 소년, 소녀들이 으레 그러하듯 이 둘은 만나자마자 사랑에 눈이 멉니다. 하지만 사랑의 결실에는 난관이 따르는 법. 옥영의 모친은 최척이 가난하다는 이유로 결혼을 반대하고 나섭니다.

그 뒤 옥영의 설득으로 혼약을 하지만 결혼을 앞두고 두 번째 위기가 닥쳐옵니다. 왜적에 맞서 고향 남원에서 일어난 의병부대에 최척이 뽑혀 나갔기 때문이지요. 최척이 돌아오지 못하는 사이 양생이라는 이웃의 부자 청년이 등장합니다. 어머니 심 씨의 마음이 흔들리지요. 결국 마음을 돌린 심 씨는 딸에게 양생과의 결혼을 강요합니다. 여기서 옥영의 진면모가 다시 드러납니다. 결연히 자살을 시도하는 옥영! 그러자 더 이상 어머니는 억지를 쓰지 못하게 되고 마침 병을 얻어 돌아온 최척과 결혼에 골인합니다. 얼마 후 아들 몽석까지 태어나지요. 일반적인 전기 소설이라면 이쯤에서 이야기가 마무리되겠지만 『최척전』은 여기서 끝나지 않습니다.

문제는 전쟁입니다. 1597년 정유재란이 일어나자 최척은 가족을 이끌고 지리산으로 피난을 떠납니다. 이들은 전라도 남원에 살고 있었는데 남원은 섬진강 상류에 있는 데다 내륙으로 들어가는 길목이어서 고려 시대부터 왜적들이 자주 출몰하던 곳이었습니다. 지리산 연곡사에 피난 가 있던 가족들은 왜적의 습격으로 모두 뿔뿔이 흩어집니다. 구사일생으로 살아 돌아온 최척은 많은 사람이 죽고 여자들은 왜적들에게 끌려갔다는 소문을 듣고 낙심합니다.

사실은 아무도 죽지 않았지만 죽었다고 믿은 최척은 절망합니다. 절망은 최척을 조선 땅에서 밀어냅니다. 최척은 마침 원병(援兵)으로 조선에 파견된 명나라 장교 여유문을 만나자 자신을 명으로 데려가 달라고 부탁하지요. "인생에서 가장 소중한 것은 서로 마음을 알아주는 것입니다." 이런 생각을 지닌 여유문은 최척의 처지를 위로하면서 그를 중국으로 데려가 함께 지냅니다. 그 후 여유문마저 병으로 죽자 최척은 산에 들어가 선술(仙術)을 배워 세상을 등질 생각까지 하지요. 그러자 이번에는 중국에서 사귄 친구 주우가 그를 위로하고 나섭니다.

> 사람이 세상을 살면서 누군들 오래 살고 싶지 않겠는가? 하나 천하 고금에 죽지 않는 사람이 어디 있었는가? 남은 인생이 얼마나 된다고 음식을 물리치고 배고픔을 참으면서 산에서 귀신과 이웃이 되려고 하는가? 자네, 나와 함께 지내세. 일엽편주에 몸을 싣고 마음 내키는 대로 다니면서… 비단과 차를 파세. 이렇게 강호를 유람하면서 남은 인생을 즐기는 것이 바로 달인의 경지요, 세상 사람들이 말하는 "지상신선이 하늘에서 노니는 것을 배웠다"는 경지가 아니겠는가?

최척은 주우의 말을 듣고는 깨달은 바가 있어 생각을 바꿉니다. 끊어질 듯하던 삶이 다시 이어진 것이지요. 전쟁은 최척을 동아시아 남쪽 바다를 떠도는 장사꾼으로 만들었습니다.

한편 옥영은 왜적의 포로가 되었지만 운 좋게도 왜병 돈우의 도움을 받습니다. 돈우는 본래 배를 몰고 다니며 장사를 하다가 억지로 전쟁에 끌려온 사람이었습니다. 말하자면 배를 잘 안다는 이유로 왜장 평행장(平行長)에게 뽑혀 원하지 않는 전쟁에 말려든 사람입니다. 하지만 그는 독실한 불자였어요. 임진왜란 때 승병들을 생각하면 불교도(佛教徒)도 전쟁에 적극 참여한 것 같지만 승병은 왜적의 약탈을 막기 위해 어쩔 수 없이 칼을 든 스님들이었습니다. 불교도는 본래 불살생을 실천하는 반전·평화주의자들이잖아요. 돈우가 바로 그런 사람이었지요. 그는 남장을 한 채 포로가 된 옥영을 도와줍니다. 음식을 거부하는 옥영을 달래고, 몇 차례나 바다에 몸을 던진 옥영을 구해 냅니다. 고향으로 돌아가서는 옥영에게 사우라는 이름까지 지어 주고 자신의 배에 태웁니다. 조선에서 돌아와 다시 배를 타고 무역을 시작한 돈우와 함께 뱃사람이 된 것이지요. 최척처럼 옥영도 남중국해를 오가는 장사꾼이 된 것입니다.

어느 4월 보름날, 최척이 탄 배는 안남(베트남) 바닷가에 정박하고 있었습니다. 달은 밝고 심사는 처량한데 귓전으로 파고드는 소리가 있었지요.

> 이때 문득 일본인의 배 안에서 염불하는 소리가 은은히 들려왔는데 매우 구슬펐다. 그 소리는 홀로 선창에 기대선 최척의 심

사를 더욱 처량하게 만들었다. 최척은 곧 행장에서 피리를 꺼내 불기 시작했다. 때마침 바다와 하늘의 구름과 안개가 걷히면서 피리 소리는 애절한 가락과 뒤섞여 맑게 퍼져 나갔다. 소리에 놀라 잠에서 깬 뱃사람들은 어느새 처연히 앉아 피리 소리에 조용히 귀를 기울였다. 잠시 후 일본인의 배 안에서 "피리 소리에 달마저 떨어지려 하는데 푸른 하늘엔 이슬만 서늘하구나!" 누군가 조선말로 시를 읊었다. 원망하는 듯 호소하는 듯 시를 읊은 사람은 길게 한숨을 내쉬었다. 최척은 시를 듣고 놀라 피리를 떨어뜨린 것도 깨닫지 못한 채 실성한 사람처럼 멍하니 서 있었다.

최척이 충격을 받은 데는 까닭이 있었습니다. 일본인의 배 안에서 들려오는 시구절은 저 행복했던 시절 자신의 피리 소리에 맞춰 옥영이 읊조리던 바로 그것이었기 때문입니다. 그런 모습을 보고 주우가 걱정스레 묻자 최척은 배 안에 있는 사람들에게 자초지종을 털어놓습니다. 사연을 들은 주우가 당장 달려가려 하자 만류한 최척은 날이 밝기를 기다려 일본인의 배에 올라가지요. "지난밤 시를 읊은 이가 누구죠?" 조선말로 묻자 옥영이 남편의 목소리를 알아듣고는 바로 달려 나옵니다.

두 사람은 서로 마주 보고는 놀라 소리를 지르며 끌어안고 백사장을 뒹굴었다. 목이 메고 기가 막혀 마음을 가라앉힐 수도 말을 할 수도 없었다. 눈물이 다하자 눈에서는 피가 흘러내려 서로를 볼 수도 없을 지경이었다. 두 나라 뱃사람들이 저잣거리처럼 모여들어 구경했다. 처음에는 친척이나 잘 아는 친구로 여기다가 부부 사이라는 것을 나중에야 알고는 사람마다 서로 쳐다보며 소리 높여 말했다. "참으로 기이한 일일세! 이건 하늘의 뜻이지 사람이 이룰 수 있는 일이 아닐세!"

『최척전』의 압권을 이루는 대목입니다. 소설의 마지막 부분에서 가족들이 모두 재회하는 대목은 두 사람의 재회에 비하면 밋밋할 정도입니다. 그러나 내가 이 장면을 압권으로 꼽는 이유는 단지 두 사람의 기이한 재회 때문이 아닙니다. 오히려 재회를 가능케 한 조건 때문이에요. 이 감동스러운 재회의 장면은 그 조건의 축소판일 따름입니다.

최척이 가족을 잃었다고 여겨 절망했을 때 그에게 손을 내밀어 준 사람은 명나라 장교였던 여유문이었습니다. 당시 명군은 왜적과의 싸움에 도움을 주러 왔다는 명분으로 조선 측에 과도한 요구를 했지요. 그뿐만 아니라 일반 병졸들조차 조선 백성들

한테 적잖이 몹쓸 짓을 해서 이미지가 좋지 않았습니다. 그러나 여유문은 서로 마음을 알아주는 게 인생에서 가장 소중하다는 철학을 지닌 인물이었지요. 바로 그런 사람이 최척의 어깨를 잡아 주었던 것입니다. 이런 맥락에서 보면 주우는 여유문과 쌍둥이입니다. 주우 덕분에 최척은 삶을 지속할 힘을 얻었고 끝내는 옥영을 만나게 되었으니까요.

여유문 그리고 주우와 같은 위치에 돈우가 있습니다. 옥영의 처지에서 보면 돈우는 침략자지만 돈우의 입장에서 보면 자신은 억지로 끌려 나온 전쟁의 피해자였습니다. 그런 면에서 돈우와 옥영은 어쩌면 한배를 탄 운명인지도 모릅니다. 돈우가 옥영과 같은 배를 탄 동반자가 된 이유도 거기 있을 것입니다. 결국 동아시아 전쟁에 뜻하지 않게 휘말려 들었던 전쟁의 피해자들, 바로 사회적 소수자들의 따뜻한 연대가 두 주인공을 살리고, 저 이국의 바닷가에서 다시 만나게 만든 힘이었던 것입니다. 두 조선 사람의 만남을 따뜻한 시선으로, 혹은 글썽이는 눈길로 둘러싸고 있는, 나아가 금은과 비단을 아낌없이 선물하는 중국인들, 일본인들의 풍경을 상상해 봐도 좋겠습니다.

이런 연대는 또 다른 풍경으로 바뀝니다. 옥영을 만난 최척은 중국 소주(쑤저우) 땅에서 둘째 아들을 낳고 십수 년을 살다가 후금의 누르하치가 명을 공격하자 토벌군에 뽑혀 다시 전장으로 나갑니다. 그러나 바로 후금의 포로가 되었는데 거기서 첫째 아들 몽석을 만나게 되지요. 두 사람이 붙들고 통곡하는 것을 본 늙은 오랑캐(포로 감시 책임자)가 자신 역시 조선 삭주(지금의 평안북도)의 변방을 지키던 병졸이었는데, 고을 목사의 포악함을 못 견뎌 가족을 이끌고 오랑캐 땅으로 도망쳐 온 것이라고 하면서 두 사람을 몰래 탈출시켜 줍니다. 이 극적인 탈출 장면에도 사회적 소수자들 사이의 공감과 연대가 숨 가쁘게 연출되어 있습니다. 두 사람이 조선 땅으로 들어와 고향 남원으로 내려오는 길에 병든 최척을 치료해 준 중국인 침구사 진위경과 만나는 장면 또한 서로를 돕는 약자들의 모습을 보여 줍니다.

『최척전』은 우리 소설사에서 여러모로 높이 평가되는 작품입니다. 하지만 임진왜란 등 16, 17세기 전쟁의 소용돌이에 휘말려 고통받는 동아시아 소수자들의 슬픔과 국가 사이의 적대를 넘어서는 연대라는 시각에서 읽을 때 비로소 작품의 진면목이 드러납니다. '반전·평화주의 연대'라고 이름 붙일 만한 작품의 주제 의식이 그것입니다.

사실 『최척전』을 쓴 조위한 역시 전란의 한가운데서 크나큰 슬픔을 겪은 사람입니다. 그는 임진왜란 와중에 어린 딸과 아내 그리고 어머니까지 잃은 사람입니다. 게다가 작품의 배경이 되었던 남원은 외갓집이 있어 그가 피난 가 있던 곳인데 그곳에는 왜란으로 가족을 잃은 이웃들이 무수했지요. 이런 체험이 없었다면 한 사대부 작가가 『최척전』과 같은 소설을 쓰기는 어려웠을 것입니다. 고난의 체험 없이 고난당하는 이들에 대한 깊은 공감과 연대는 요원할지도 모르겠습니다.

『최척전』을 읽으면서 몇 개의 풍경이 겹쳐지는 것은 어쩔 수 없는 일입니다. 샌프란시스코 위안부 기림비를 지키기 위해 공동 성명을 발표한 미국과 일본의 시민 단체들, 국내에 체류하고 있는 난민들의 인권을 지키기 위해 활동하는 '난민인권센터'나 '아시아의 친구들'과 같은 단체들, 이란 출신 학생의 난민 지위 인정을 축하하는 서울 송파구 모 중학교 학생회의 입장문, 국내 외국인 노동자들의 권익을 찾고 지키는 지원 단체들의 연대 활동들. 이는 『최척전』이 그려 낸 사람과 사람 사이의 연대가 21세기의 총성 없는 또 다른 전란 속에서 민들레꽃처럼 피어나고 있는 현장이 아닐 수 없습니다.

3
시골 아낙 열녀 만들기의 비밀

시골 아낙
열녀 만들기의 비밀

한 300년 전쯤에 선산 지방에서 한 시골 여자가 죽었습니다. 왜 죽었냐고요? 죽은 사연이 기가 막힙니다. 이 시골 농사꾼의 딸은 나이 들어 남들처럼 시집을 갔는데 남편을 잘못 만났습니다. 임칠봉이란 자는 성질이 지랄 같아서 여자를 욕하고 때렸습니다. 별 잘못도 없는데 말입니다. 시아버지가 미안해할 지경이었어요. 참고 참기를 여러 해가 지났지요. 그러다 견디다 못해 친정으로 도망을 쳤습니다.

그런데 친정은 친정대로 지옥이었습니다. 어린 시절에도 그렇게 구박하던 계모, 이 성질 사나운 계모는 아침저녁으로 욕을 해 댔습니다. “시집간 년이 임씨 집안 귀신이 될 것이지 왜 돌아왔느냐?”, “난 널 못 먹여 살리겠다.”는 핍박이었지요. 여자는 계모를 피해 이번에는 작은아버지 집에 가서 의지했습니다. 그러나 작은아버지는 여자의 뜻과는 달리 여자를 다시 시집보내려고 했습니다. 여러분이 이런 꼴을 당하면 어떻게 하겠습니까?

여자는 어쩔 수 없이 시집으로 다시 돌아갑니다. 그러나 남편은 반성은커녕 더 심하게 행패를 부렸습니다. 보다 못한 시아버지가 나섰습니다. 못난 아들을 둔 아비의 결단이었지요. "내가 문서를 만들어 네 개가를 허락해 주겠다. 우리 집을 나가서 좋은 남자한테 새로 시집을 가거라." 시아버지 말에 여자는 어떻게 반응했을까요? 숙부의 재혼 권유도 마다했던 이 여자, 진퇴양난에 빠진 이 여자는 1702년 낙동강의 지류인 오태강 푸른 물에 몸을 던지고 맙니다. 지하에 있는 어머니를 만나야겠다면서. 이런 노래를 남기고 말이지요.

> 하늘은 어찌 이리 높고도 멀고 天何高遠
> 땅은 어찌 이리 넓고도 아득한가 地何廣邈
> 천지가 비록 크다고들 하지만 天地雖大
> 이내 한 몸 기댈 곳 없구나 一身靡托
> 차라리 이 깊은 물에 몸을 던져 寧投此淵
> 물고기 밥이나 되어 버릴까나 葬於魚腹

여자의 투신 이후 영남 지방에 유행하던 노래를 조귀상(趙龜祥)이라는 사람이 한시로 옮겨 놓은 것이라고 합니다. 한 몸 기댈 곳 없는 삶의 막막함이 느껴지는 시입니다. 삶의 절벽에서 몸을 던져 생을 마감한 이 여자의 이름이 바로 향랑(香娘)입니다. '향기 나는 아가씨'라는 뜻이지요. 이름처럼 향기를 마음껏 피우지도 못했으니 이름 때문에라도 그 사연은 더 비극적일 수밖에 없습니다. 향랑의 처지가 되어 한번 생각해 보세요. 향랑은 바람대로 저승에서 어머니를 만났을까요, 그리고 거기서 행복을 찾았을까요?

그런데 향랑의 뜻과는 달리 그녀는 갑자기 18세기 '여성계'의 스타로 떠오릅니다. 『숙종실록』을 보면 죽은 지 한 해 뒤인 1703년 6월 5일 정문(旌門)을 내리라는 왕명이 내려옵니다. 그 후 수많은 사대부 문인들이 앞다투어 향랑의 행실을 기리는 시를 짓고, 전기를 짓습니다. 향랑은 느닷없이 국가적 열녀가 되어 〈산유화가〉라는 노래의 작자이자 주인공으로 온 나라에 알려지게 되었던 것입니다. 시골 여자 향랑은 18세기 조선 '열녀계'의 별이 되었습니다.

저승의 향랑이 18세기 조선을 지켜보았다면 아마도 깜짝 놀랐을 것입니다. 자신이 열녀로 칭송받고 있다는 기이한 사실 때

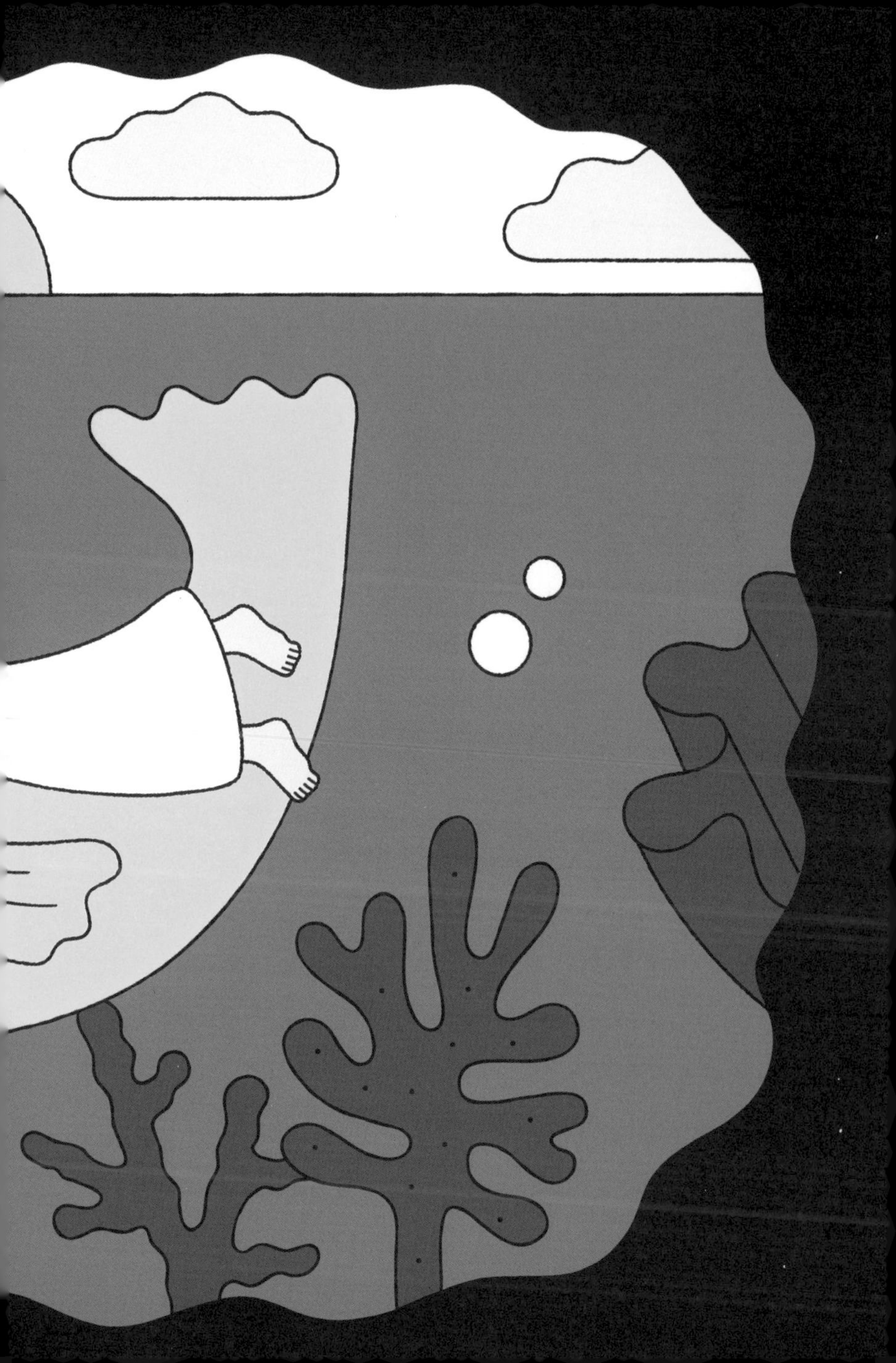

문에 말이지요. 더 이상 갈 길이 없어 죽음을 선택한 것뿐인데 열녀라니 참으로 이상하지 않습니까? 18세기 초 조선의 한 시골 여자는 어떻게 해서 국가적 열녀가 되었을까요? 거기에는 어떤 비밀이 숨어 있을까요?

향랑이 선산 여자였다는 사실이 이 비밀을 푸는 핵심 열쇠입니다. 향랑을 세상에 알린 인물은 앞서 소개한 시를 쓴 조귀상이었습니다. 그는 당시 선산 부사였는데 자신의 상급자인 경상 감사 조태동에게 향랑 이야기를 보고합니다. 조태동은 향랑의 죽음을 초래한 시아버지, 남편, 계모를 처벌한 후 조정에 상소를 올려 정표(旌表)를 청합니다. 열녀라는 '공인 인증서'를 나라에서 내려 달라는 요청이었지요.

그런데 무슨 영문인지 정표는 바로 내려오지 않습니다. 한 해쯤 지체됩니다. 그사이 조정에서 무슨 일이 있었는지 정확히 알기는 어렵지만 분명히 알 수 있는 것도 있습니다. 그것은 선산 부사 조귀상이 『열녀향랑도(烈女香娘圖)』(1703)까지 만들어 가며 향랑을 열녀로 만드는 데 열을 올렸다는 사실입니다. 왜 조귀상은 보잘것없는 시골 여자를 열녀로 만들려고 했을까요?

그 전에 『열녀향랑도』에 그려진 향랑의 모습을 살펴볼 필요가 있습니다. 이 책은 그림에 설명이 붙어 있는 화보집 같은 책입니다. 이 책을 보면 흥미로운 장면이 있습니다. 향랑이 몸을 던진 곳을 오태강가의 지주비(砥柱碑) 곁으로 그려 놓은 장면입니다. 저 건너편에는 야은 길재의 서원도 보입니다. 왜 향랑의 투신에는 이런 배경 화면이 필요했을까요?

향랑은 시집살이가 고통스러워서, 혹은 또다시 결혼하고 싶지 않아서 죽었습니다. 그런데 이런 이유만으로 향랑이 열녀가 되기는 어렵습니다. 이 정도의 죽음이야 조선 시대에 얼마든지 있을 수 있는 것이었으니까요. 열녀문이 지체된 것도 그 때문인지 모르겠습니다. 지주비와 서원은 그래서 그림 속으로 들어왔습니다. 그러니까 지주비와 서원은 향랑의 죽음을 미화하기 위한 장치였던 것입니다.

지주비는 고려 멸망 직전 벼슬을 버리고 고향 선산에 은거했던 길재의 충절을 기리기 위해 지역 현감이었던 유운룡이 1585년에 오태강가에 세운 비석입니다. 그때 오산 서원도 같이 세웠고, 오산 서원은 1669년 당시 임금 현종이 직접 현판을 내린 사액 서원이 됩니다. 그러니까 이 비석과 서원은 이 지역 사대부들의 절의의 상징이었던 것이지요. 그렇다면 향랑이 멀리 서원을 바라보며 비석 앞에서 투신했다는 것은 길재를 필두로 하는 이 지역 사대부들의 절의를 본받았다는 이야기가 되는 것이 아니겠습니까? 여기서 모범을 보인 사대부들의 영향이 하층민들에게 골고루 미쳐 일개 시골 여자도 절개를 지켰다는 '새로운 이야기'가 만들어지는 것이지요.

그래서 나중에 몇 가지 그림을 모아 만들어진 『의열도(義烈圖)』에 발문을 쓴 권상하는 이렇게 말했던 것입니다. "저 향랑의 정렬과 같은 것은 비록 옛사람 가운데서 구한들 어찌 더 찾아낼 수 있겠는가? 하물며 가난한 집안 여인으로 자신의 몸을 깨끗이 하고 죽음을 편안히 돌아가는 것처럼 여겼으니 더욱 기이하다 하겠다. …일선(一善) 지방은 예로부터 충효와 절의가 많았는데… 향랑이 죽은 곳이 다른 곳이 아니라 반드시 지주비 아래인 것은 더욱 기이하다." 기이하다고 했지만, 기이함을 일선, 곧 선산 지방의 충효와 절의에 은근히 연결시키려고 하는 글쓴이의 마음이 행간 사이에서 흘러나오고 있지 않습니까?

그럼 왜 조귀상을 비롯한 이 지역 사대부들은 '새로운 이야기'를 만들 필요가 있었을까요? 일반적인 시각에서 보자면 열녀라는 모범생을 만들어 모범생을 본받도록 백성을 가르쳐 사회 질서를 잡으려는 노력으로 이해됩니다. 정치의 기본이 그런 것이니까요. 그러나 꼼꼼히 전후 사정을 따져 보면 또 다른 이유가 있었습니다. 이제 '선산 여자' 향랑이라는 열쇠를 꺼낼 때가 된 것이지요.

『택리지』에 "조선 인재의 반은 영남에 있고 영남 인재의 반은 선산에 있다."라는 말이 있을 정도로 선산은 조선 건국 이래 수많은 인재를 배출한 지방입니다. 그런데 17세기에 들어와 사림의 중심이 안동을 비롯한 경북 내륙 지역으로 이동하면서 선산 지방의 사회적 영향력은 급격히 약화됩니다. 또 숙종 시절 당쟁으로 인해 영남 남인들은 정치적으로 완전히 몰락하지요. 이렇게 이중으로 내몰린 선산 지방 사림들은 길재나 김종직 같은 자기 지역 출신 선비들의 문집을 펴내고 사당과 서원을 짓는 방법 등으로 자신들의 정체성을 드러내려고 몸부림을 칩니다. 그리고 국가적 문제가 있을 때에는 상소를 통해 자신들의 존재를 표현합니다.

조선 후기의 열녀 만들기는 정치적 영향력을 상실한 지방 선비들의 위기의식과 관계가 깊습니다. 조선 후기에 지어진 70여 편의 「열녀전」 가운데 세 편을 제외하고는 모두 지방 출신이 주인공입니다. 지방 가운데서도 영남 지방이 매우 많고, 그 가운데서도 이름 없는 가문 출신이 가장 많습니다. 이런 사실은 열녀 만들기가 세력을 잃은 영남 지방 선비들의 위기의식과 그 위기를 여성의 희생을 통해 돌파해 보려는 일그러진 권력욕의 결과였다는 것을 보여 줍니다. 선산의 시골 여자 향랑이 열녀가 될 수밖에 없었던 이유가 여기에 있는 것이지요.

조귀상의 글과 나라에서 내린 정표로 향랑의 사연이 알려지면서 향랑을 기리는 다양한 글이 출현합니다. 그 가운데는 한시도 있고 전기도 있습니다만, 대개는 향랑의 투신을 길재로 대표되는 성현의 교화 결과로 설명하고 있습니다. 향랑의 죽음 자체에 대한 연민을 드러내는 이옥 같은 아웃사이더의 글도 있기는 합니다. 그러나 대부분의 글은 연민을 통해 향랑을 만든 시대에 대한 비판 의식을 드러내기보다는 소외된 자신의 처지를 이야기하기 위해 향랑을 소재로 끌어들였을 따름입니다. 어느 경우든 남성적 시선의 감옥을 벗어날 수 없었던 셈이지요.

그렇다면 향랑은 18세기를 거치는 동안 두 번 죽은 게 아닐

까요? 물론 첫 번째 죽음은 폭력을 휘둘렀던 남편과 개가를 강요했던 주변 남성들 때문에 일어난 것이지요. 개가를 권유한 시아버지 등의 경우 좋은 뜻으로 그랬을 수도 있습니다. 하지만 생각해 보세요. 이미 남성 중심적 문화가 여성의 개가를 부끄럽게 여기도록 만들어 놓지 않았던가요? 이런 모순 사이에 끼어 있었던 향랑의 처지를 생각해 보면 그녀가 투신 말고 달리 선택할 길이 있었을까 싶습니다. 두 번째 죽음은, 심하게 말하면 향랑을 죽여 놓고 그녀를 열녀로 만들어 자신들의 이념을 정당화하고 정치적 입지를 강화하려고 했던 영남, 특히 선산 지방의 선비들이 불러일으킨 것입니다. 죽여 놓고 되살린다면서 다시 죽인 것이지요. 과연 저승의 향랑이 열녀가 된 자신의 얼굴을 들여다보며 행복해했을까요?

지금도 여성들은 남성과의 관계 속에서 사회적 약자의 처지에 있습니다만, 조선 시대에는 더했습니다. 더구나 성리학적 이념이 강화된 17, 18세기에는 말이 아니었지요. 자신의 뜻과는 달리 억지로 열녀가 된 여성이 한둘이 아니었습니다. 물론 같은 열녀라도 계급의 차이나 개인 사이의 차이가 있을 수 있습니다. 상층 사대부 집안의 여성과 평민 여성의 처지가 같을 수는 없지요. 우리가 소수자적 시각에서 세상을 바라본다는 것은 이런 개별적인 차이를 섬세하게 따져 보는 작업입니다. 겉으로 보기에 화려한 열녀 향랑의 모습 뒤에 그림자가 있었다는 것도 이런 시각 때문에 밝혀낼 수 있었다고 생각합니다. 앞으로 사대부 가문의 열녀와 향랑을 견주어 보면 더 깊은 이야기도 할 수 있을 것입니다. 그건 독자들에게 맡기겠습니다.

끝으로 향랑의 투신 장면을 묘사한 문장을 소개합니다. 『열녀향랑도』에 붙어 있는 글의 일부입니다. 문장 사이에 숨어 있는 향랑의 심정을 따라가면서 오늘의 향랑은 어디 있는지 생각해 보기 바랍니다.

강물에 몸을 던지려다 멈칫거리며 말하기를 "죽기로 마음먹고도 물을 보니 두려운 마음이 일어 몸을 던지지 못하다니, 가련타! 내 차라리 물을 보지 않으리라." 하고는 적삼을 벗어 얼굴을 덮어써 강물을 볼 수 없게 한 뒤에 강물에 몸을 훌쩍 던졌다.

4 운명을 바꾼 사랑의 힘

운명을 바꾼 사랑의 힘

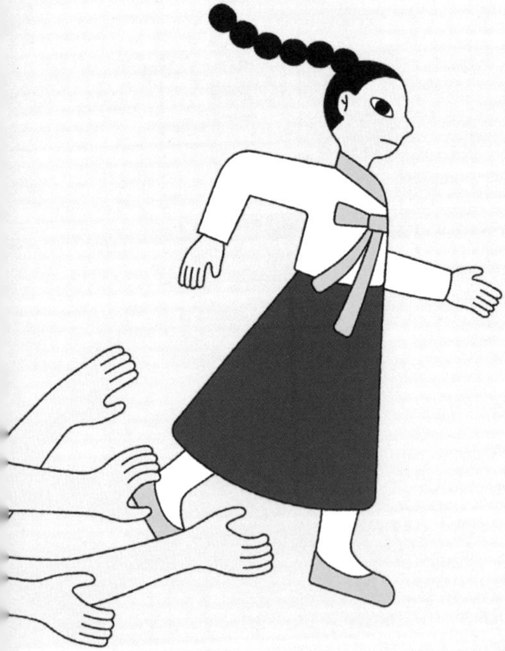

사랑이 참으로 '문제'입니다. 일찍이 공맹의 시대에 공자가 "식욕과 색욕은 인간의 본성"이라고 일침을 놓았듯이 사랑에 대한 인간의 욕구는 근원적입니다. 예나 지금이나 사랑이 문학과 예술의 최대 주제인 까닭도 여기에 있습니다. 지금도 어디선가는 사랑 때문에 울고 웃고, 생사를 오락가락하겠지요.

그런데 사랑이 참으로 문제인 것은 경계를 넘기 때문입니다. 사랑에 대한 욕망은 자주 제도의 경계를 위반합니다. 부모가 하지 말라는 사랑을 하는 게 자식들 아니던가요? 오늘날 경계는 대개 돈이나 학력 등으로 이뤄져 있지만 근대 이전에는 계급(신분)이 가장 중요한 기준이었습니다. 그래서 기생 춘향이 양반집 아들 이몽룡과 연애를 하면 문제가 되는 것입니다. 물론 이몽

룡이 기생 춘향과 한번 놀아 보는 것은 문제가 될 리 없습니다. 남성 지배 사회였으니까요. 한번 노는 것을 넘어 그것이 지속적인 '사랑의 관계'로 변형될 때 문제가 되는 것입니다.

우리 고전 문학사에서 이런 사랑의 문제를 다루는 갈래가 전기(傳奇)였습니다. 전기에는 관습적으로 세상사에 낙심한 소심한 남성 주인공이 등장합니다. 그리고 그 짝으로 사랑에 눈을 반짝이는 적극적인 여성이 나오지요. 물론 둘은 모두 인물 좋고, 시와 문장에 능한 사람들입니다. 이른바 재자가인(才子佳人)이지요. 재주 있는 남자(재자)와 아름다운 여자(가인)의 기이한 만남과 이별의 이야기가 바로 전기, 혹은 전기 소설입니다.

그런데 재자와 가인의 만남이 왜 문제적일까요? '예쁘고 똑똑한 젊은이들'의 만남은 박수를 보낼 일 아닌가요? 하지만 운명이란 얄궂은 것이지요. 미인박명(美人薄命), 호사다마(好事多魔), 이런 옛말들이 그냥 생긴 것은 아니지요. 만나긴 만났는데 만나고 보니 가인은 귀신입니다. 사랑의 열정에 휩싸여 있는데 부모가 반대해 둘을 갈라놓습니다. 결혼까지 하긴 했는데 갑자기 난리가 나서 헤어지거나, 여자가 죽습니다. 이런 장애물들이 만남을 문제적으로 만들고, 전기를 중세적 제도와 질서에 반하는 이야기 양식으로 만듭니다. 우리가 잘 아는 『금오신화』 속의 이야기가 그런 것들입니다.

우리가 이제 읽어 보려고 하는 『채봉감별곡』은 이런 전통의 거의 끄트머리에 있는 소설입니다. 평양 김 진사가 늦게 얻은 외동딸 채봉이가 운명에 떠밀려 기녀가 되었지만 결국 자신의 처지를 넘어서는 이야기이지요. 채봉은 진사의 딸이라는 신분으로는 소수자라고 할 수 없지만 남성 지배 사회의 여성이라는 점에서는 권력에서 소외되어 있지요. 채봉은 바로 그런 이유로 기녀라는 신분상의 소수자로 전락하는 처지가 됩니다. 재자가인 소설 『채봉감별곡』을 소수자의 시각으로 읽어야 하는 이유가 여기 있는 것이지요.

『채봉감별곡』은 1912년에 신구서림에서 『추풍감별곡』이란 제목으로, 1914년 박문서관에서 『채봉감별곡』이란 제목으로 간행된 소설입니다. 물론 이전의 고전 소설처럼 작자는 알 수 없고, 표지에 '신소설'이라고 적어 놓아 신소설로 오해하기도 하지만 내용상 신소설은 아닙니다. 신소설의 시대에 신소설과 경쟁하던 고소설의 마지막 모습이라고 보는 것이 좋으리라고 생각됩니다.

작품의 배경인 평양 지역에서 널리 불리던 〈추풍감별곡〉이라는 잡가가 있었습니다. 그런데 『채봉감별곡』을 보면 이 노래에는 이야기가 없다고 했습니다. 노래에 얽힌 사연이 없어 그 사연을 적은 것이 『채봉감별곡』이라는 것이지요. 그러나 사연이 없지는 않았을 것입니다. 잡가와 더불어 잡가에 얽힌 풍문도 따라다녔겠지요. 이 풍문에다 잡가를 더하고, 중국 소설을 읽은 경험이 있는 작가가 그것도 참조하여 지은 소설이 『채봉감별곡』입니다. 일찍이 김태준이 『조선소설사』에서 지적했듯이 중국 소설집 『금고기관(今古奇觀)』에 실려 있는 「왕교란백년장한(王嬌鸞百年長恨)」과 시작 부분이 비슷한 점이 있으니까 그렇게 말할 수 있지요.

『채봉감별곡』의 줄거리를 먼저 살펴보지요.

평양에 사는 김 진사가 늦게 외동딸 채봉을 낳는다. 채봉은 화용월태(花容月態)에 총명할 뿐만 아니라 바느질 잘하고 시와 글씨에도 뛰어났다. 그러나 이팔청춘 되도록 혼처를 못 구하는 처지다.

채봉은 어느 봄날 꽃구경에 나섰다가 전 선천 부사의 아들 강필성을 만난다. 필성은 채봉이 수줍어 도망치다 떨어뜨린 손수건

을 주워 연정을 담은 시를 써서 시비 추향에게 전하고, 채봉은 화답시를 보낸다. 어머니 이 부인의 질책을 받은 채봉은 사실을 고백하고, 필성은 어머니를 통해 채봉의 집에 매파를 보낸다. 김 진사가 한양에 간 사이 이 부인은 혼자 결정하여 약혼을 해 버린다.

한편 김 진사는 벼슬을 살 생각으로 한양으로 올라가 세도가 허 판서의 문객 김양주를 만난다. 김양주는 김 진사에게 과년한 딸이 있다는 말을 듣고, 딸을 허 판서의 애첩으로 들여보내고 그 대가로 벼슬을 하라고 권유한다. 김 진사는 주저하던 끝에 허 판서에게도 약속을 하고 돌아온다. 돌아온 김 진사는 부인에게 딸을 데리고 상경하자고 하니 부인은 대경실색하고, 채봉은 눈물만 흘린다. 부인과 채봉의 반대에도 불구하고 김 진사는 전답과 기타 가산을 정리하여 상경한다.

그러나 김 진사 일행은 도중에 화적을 만나는데, 이때 채봉은 부모에게 알리지 않고 평양으로 되돌아온다. 김 진사는 화적에게 재물을 빼앗긴 채 상경하여 허 판서에게 사정을 하소연했지만 오히려 허 판서는 대로하여 김 진사를 옥에 가둔다. 부인은 할 수 없이 채봉을 찾으러 다시 평양으로 온다. 채봉은 그때 시비였던 추향의 집에 묵고 있었는데, 기생 어미가 그녀에게 기생 되기를 권했지만 거절하던 중이었다. 이 부인이 추향의 집을 찾아와 아버지가 하옥되어 있다는 소식을 전하자 채봉은 아버지를 구하기 위해 기방에 몸을 팔아 기생 어미로부터 받은 몸값을 어머니에게 준다.

기명을 송이라고 한 채봉은 강필성에게 화답하여 보낸 한시를 내놓고 그것을 풀이하는 사람에게 몸을 허락하겠다고 한다. 사내들이 모여들었지만 아무도 풀지를 못한다. 뒤늦게 소식을 들은 강필성이 찾아가 마침내 두 사람은 다시 만난다. 채봉이 그간의 일을 이야기하자 필성은 서운한 마음을 풀고 채봉 곁에서 숙식을 한다.

이때 조야에 명망이 진동하던 나이 팔순의 이보국이란 양반이 평양 감사로 자원해서 내려온다. 이보국은 송이의 서화가 뛰어나다는 말을 듣고는 불러 시험을 한 후 몸값을 지불하고 데려가 곁에 두고 눈이 어둡다며 서신과 문서를 처리하는 일을 맡긴다. 이렇게 되자 강필성은 다시 채봉과 헤어지게 된다. 채봉을 그리워하며 고민으로 지내다가 강필성은 채봉을 만나기 위해 평양 감영의 이방에 자원한다. 채봉은 들어오는 문서의 필적이 달라진 것을 보고 강필성이 이방으로 들어온 것을 알게 되지만 만날 수가 없다.

채봉은 별당에 거처하면서 필성을 날마다 그리워하고 있다가 어느 달 밝은 밤에 〈추풍감별곡〉을 지어 부른다. 노래를 들은 감사가 채봉을 불러 사연을 묻자 채봉은 이방으로 와 있는 필성과의 관계를 고백한다. 감사는 두 사람의 사랑을 가상히 여겨 필성을 불러 만나게 해 주고, 감사 자신이 혼례와 관련된 일들을 주관하여 두 사람의 인연을 성취시켜 준다.

그 뒤 허 판서는 반역죄로 멸문지화를 당하고, 김양주도 교수형에 처해진다. 김 진사는 평양 감사의 상소로 무죄 방면된 후 평양으로 내려와 채봉과 필성을 다시 만나 화해한다. 그 후 이 감사의 추천으로 필성은 당하관의 벼슬에 오른다.

19세기 말, 혹은 20세기 초로 추정되는 창작 시기답게 『채봉감별곡』에는 시대를 반영한 인물들이 여럿 등장합니다. 그 가운데 먼저 남성 인물들을 살펴볼 필요가 있습니다.

허 판서는 19세기 세도 정치의 타락상을 잘 보여 주는 부패한 세도가의 전형입니다. 그는 돈을 받고 벼슬을 팔고, 그것도 모자라 벼슬을 청탁하러 온 김 진사의 딸까지 노립니다. 이런 타락한 권력 옆에는 문객 김양주 같은 하수인이 있게 마련입니다. 그는 허 판서에게 아첨해서 양주 목사까지 차지했고, 호가호위(狐假虎威)를 통해 엄청난 재산까지 모은 인물이지요. 김 진사가 벼슬 얻으러 올라왔다는 소문을 듣고 평양으로 사람을 보내 뒷조사까지 하는 치밀함을 가진 데다, 김 진사를 얼러 허 판서에게 채봉을 첩으로 진상하는 교활함까지 가진 인물입니다. 허 판서와 김양주는 타락한 남성 지배 사회라면 어디에나 있을 법한 배역들입니다.

그러나 이들보다 더 문제적인 인물이 채봉의 아버지 김 진사입니다. 김 진사는 본래 의주 사람입니다. 의주는 중국과의 교역을 통해 돈벌이를 했던 지역이지요. "김 진사 집과 우리 문벌은 상당하다."라는 강필성 모친의 발언에서 알 수 있듯이 김 진사는 양반 가문 출신이지만 물화가 풍부한 의주에서 재물을 모아 평양에 정착한 인물입니다. 문제는 상당한 문벌에도 불구하고 변변한 벼슬을 얻지 못했다는 것입니다. 이런 처지에서 김 진사는 대의(大義)를 버리고 명리(名利)를 좇습니다. 돈으로 벼슬을 사려고 한양으로 올라가지 않습니까? 조선 시대 사대부 유학자들이 그토록 강조했던 대의를 헌신짝처럼 버리는 인물이 김 진사입니다. 우리가 고전 소설에서 흔히 보던 엄격하고 위엄 있는 가부장의 형상과는 판이합니다. 김 진사는 중세적 윤리의 해체를 온몸으로 보여 주는 인물이지요.

김 진사의 명리 추구 극점에 '딸 팔아먹기'가 있습니다. 처음부터 그럴 뜻이 있었던 것은 아닙니다. 김양주의 간계로 어쩔 수 없이 그렇게 된 것입니다. 그러나 김 진사는 윤리를 내세워 그것을 거부하지 않습니다. "김 진사 속으로 채봉의 위인이 녹록지 않으니까 팔자가 세어 재상의 별실이나 그렇지 않으면 남의 재취가 될 터이니 바로 재상의 별실을 주어 호강이나 시키고 나는 부원군 부럽지 아니하게 벼슬이나 얻어서 하리라 하고 흔연한 낯으로" 허 판서에게 딸을 넘기려고 합니다. 재산을 바탕으로 권력을 좇다가 결국에는 딸까지 권력의 제물로 바치고 마는 파렴치(破廉恥)한 치한(癡漢)이 되는 것이지요.

딸 팔아먹은 아버지로 유명한 인물이 심학규지요. 심 봉사 말입니다. 하나 심 봉사와 김 진사는 전혀 다릅니다. 심 봉사는 눈을 뜰 욕심으로 공양미를 약속했지만 공양미를 구하기 위해 딸을 팔 생각은 추호도 없었던 아버지입니다. 어미 없는 갓난이 심청을 동냥젖을 먹여 가며 애지중지 키운 아버지지요. 심청이 팔려 가는 것을 알고 차라리 눈먼 것이 낫다고 몸부림치는 인물입니다. 하지만 김 진사는 채봉의 반대에도 불구하고 강제로 딸을 허 판서에게 넘기려고 하는 참으로 딱한 아버지입니다.

이 이해할 수 없는 아버지를 이해할 수 있는 길이 있습니다. 그건 바로 조선 사회가 가부장 사회, 남성 지배 사회였다는 것이지요. 이런 사회에서 여성은 소수자가 될 수밖에 없습니다. 이 점에 있어서는 하층 여성들만이 아니라 상층 사대부 가문의 여성들도 마찬가지였습니다. 남성이 중심인 가문의 명예를 위해서는 억지로 열녀가 되어야 하고, 아버지의 출세를 위해서는 딸이 도구가 될 수도 있는 것입니다. 이것이 남성 권력의 생각이고, 이데올로기입니다. 물론 이를 경계하기 위해 지배의 윤리가 없었던 것이 아닙니다. 그러나 윤리도 권력에 대한 욕망 앞에서는 추풍낙엽입니다. 김 진사가 온몸으로 그것을 증언하고 있지 않습니까?

결국 조선 말기 사회에서 신분상 소수자가 아니었던 채봉을 소수자로 몰고 간 것은 남성 지배 구조였습니다. 물론 채봉은 허 판서의 첩이 되기 싫어서 부친의 명을 거역하고 스스로 기녀의 길을 선택합니다. 그러나 이 선택은 허 판서의 사옥(私獄)에 갇힌 부친을 살리기 위한, 약혼자 강필성을 만나기 위한 불가피한 선택이었습니다. 다른 길이 있었더라면 채봉이 기녀 되기를 선택하지는 않았을 것입니다. 채봉의 기녀 되기에는 남성 지배라는 주홍 글씨가 새겨져 있는 것이지요.

이제 채봉은 송이라는 이름의 기녀로 다시 태어나고, 『채봉감별곡』은 송이를 모든 문제의 해결자로 만듭니다. 남성 지배 사회의 모순을 여성에게 전가하기, 혹은 여성을 통해 해결하기! 참으로 고전적인 고전 소설의 수법이 『채봉감별곡』에도 어김없이 나타나고 있는 것이지요.

청나라에 『김운교전』이라는 소설이 있습니다. 역시 재자가인이 등장하는 작품이지요. 이 작품이 응웬 주라는 작가에 의해 베트남에서 『취교전』으로 번안되어 널리 읽힙니다. 이들 소설에도 빚진 아버지 때문에 결국은 기방에 팔리게 되는 취교라는 여성이 등장합니다. 아버지 책임을 딸에게 떠넘기는 기획은 동아시아 소설에서 익숙한 관습이었던 셈이지요. 그리고 이 관습은 동아시아 중세 사회를 밑받침하고 있던 효 이데올로기와 연결되어 있습니다.

그런데 채봉은 딸을 허 판서의 첩으로 넘기려는 아버지의 뜻을 거역합니다. 화적을 만나는 바람에 오히려 기회를 얻어 평양으로 도망칩니다. 불효지요. 그리고 아버지를 구하기 위해 기방에 몸을 팝니다. 두 번째 불효지요. 아무리 아버지 살리기라는

명분이 있다 하더라도 유가적 관점에서 보면 양반이 스스로 천민이 되고, 그것도 여성으로서 기녀가 되는 것은 분명 불효입니다. 그러나 우리가 더 주목해야 하는 것은 채봉의 도망과 기녀되기가 '주체적 선택'의 결과였다는 사실입니다. 채봉은 딸을 허 판서에게 주려는 아버지에게 "차라리 닭의 입이 될지언정 소의 뒤가 되기는 원하지 아니하옵나이다."라고, 시비 추향에게 "여자의 마음이란 한번 정하면 비록 천자의 위력으로도 빼앗을 수 없는데 부모님께서 어쩌신단 말이냐?"라고 당당하게 발언하는 여성입니다.

아버지를 구하는 데는 허 판서의 첩이 되는 것 말고도 다른 길이 있었습니다. 하지만 채봉은 연인 강필성도 만나고, 아버지도 구하고, 정절이라는 실속도 챙기는 대단히 지혜로운 선택을 합니다. 이미 삼국 시대에 도미의 처가 개루왕의 마수에서 벗어나기 위해 동원했던 그 소수자의 지혜를 발휘합니다. 시제(詩題)를 수수께끼로 내걸어 뜻을 이루지 않습니까? 큰돈을 내고 자신을 영입했던 기방 주인 어미에게도 전혀 손해를 끼치지 않습니다. 채봉의 능동성과 지혜로운 선택이 결국은 효가 된 셈이지요. 형식적으로는 불효였지만 불효를 통해 부친의 부당함을 말하고 부친을 살려 냈으니 진짜 효가 된 게 아닌가요? 결말부에서 사연을 들은 이보국 감사가 “가위 효녀로다!”라고 말하고 있지 않습니까? 형식적 효를 넘어 효에 대한 새로운 해석이 『채봉감별곡』에 담겨 있는 것이지요.

채봉은 부모의 뜻을 버리고 사랑을 선택했습니다. 연인 강필성을 다시 만나기 위해 기방에 이름을 거는 것도 마다하지 않았습니다. 그렇게 해서 연인을 다시 찾았지만 몸은 기방에 매인 처지였습니다. 온전한 사랑이 이뤄지지는 않은 것이지요. 그런데다 설상가상으로 채봉은 평양 감사 이보국의 비서가 되어 버립니다. 기방에 몸값을 지불하고 데려갔으니 강필성이 접근할 수 없는 감사의 소유물이 된 것이지요. 이런 첩첩산중의 상황에서 강필성은 채봉을 만나기 위해 감영의 이방에 자원합니다. 아무리 조선 말기라고 해도 양반이 스스로 중인이 되는 것은 신분의 경계를 넘어서는 무모한 행위입니다. 그러나 사랑의 열정이 강필성으로 하여금 경계를 넘어서게 만든 것입니다.

사랑은 채봉을 기녀로 만들고, 사랑은 강필성을 이방으로 만들었습니다. 봄날에 이뤄졌던 열정적 사랑이 이들의 운명을 바꾼 것이지요. 그러나 신분의 경계를 넘어선 이러한 선택은 결과적으로 이들의 운명을 해피 엔딩으로 다시 바꿉니다. 사랑에 대한 강력한 긍정이 『채봉감별곡』에는 있는 것이지요. 하지만 강필성의 사랑도 결국은 채봉이 먼저 아버지의 뜻을 거역함으로써 가능했다는 점을 대강 흘려 넘기면 『채봉감별곡』의 주제를 놓치기 쉽습니다. 조선 말기 남성 지배 사회의 소수자였던 한 여성이 사랑의 에너지로 소수자 안의 소수자 되기를 선택함으로써 사랑을 얻고, 더불어 남성 중심적 질서에 문제를 제기했다는 것, 이 점을 기억할 필요가 있는 것이지요.

5

한양 최고의 매력남이 거지라니

한양 최고의 매력남이
거지라니

사회적 약자들은 자신들을 표현할 언어로부터 멀리 있습니다. 요즘도 그러할진대 과거에는 더했겠지요. 물론 근대 이전의 사회에서도 소수자들은 '말'이라는 표현 수단을 가지고 있었습니다. 말은 일회적이지만 말이 오래되면 속담도 되고 이야기도 되어 크게 보면 하층 민중들의 사회적 발언을 담게 되지요. 그러나 글의 경우 사정이 다릅니다. 노비와 같은 신분적 소수자들이, 궁녀나 기녀와 같은 성적 소수자들이, '병신'으로 불리는 신체적 소수자들이 글을 통해 스스로를 표현한 사례는 많지 않습니다.

그렇다면 어떻게 글로써, 문학을 통해 자신들을 표현했을까요? 여기서 떠오르는 것이 글을 아는 지식인들입니다. 지식인들은 말은 있으나 글을 갖지 못했던 사람들, 즉 사회의 하층민들 입장에서 그들의 뜻을 대변하는 변호사 같은 존재입니다. 그러나 모든 지식인이, 조선 시대로 보면 모든 양반 사대부가 변호사가 되었던 것은 아닙니다. 그들 가운데 일부, 신분의 높낮이를 떠나 고통받는 약자들과 한자리에서 어울릴 줄 알았던 용기 있는 지식인들이, 혹은 스스로 소수자가 되려고 했던 의식 있는 지식인들이 그런 역할을 떠맡았던 것입니다. 이들 덕분에 우리 문학사는 빛이 나는 것이지요.

이들 지식인이 소수자와 만나는 길은 여럿 있었습니다. 15세기 김시습처럼 젊은 선비들을 등장시켜 작가의 생각을 표현하는 길도 있습니다. 『금오신화』가 그렇지요. 16~17세기에 걸쳐 살았던 허균처럼 하층 계급의 인물을 주인공으로 내세워 그들의 목소리를 대변하고, 그들의 꿈을 상상적 방식으로 실현하는 길도 있습니다. 저 유명한 『홍길동전』의 길이 바로 그런 길이지요. 그런데 18세기 연암 박지원은 권력의 테두리 바깥에 머물고자 했던 지식인과 소수자의 만남을 전혀 다른 형식으로 표현합니다. 이제 『광문자전(廣文者傳)』을 통해 그 새로운 형식을 만나 보기로 하지요.

박지원은 말 거간꾼, 똥 치우는 사람, 늙은 이야기꾼, 남산골의 숨은 선비 등 신분적으로, 정치적으로 소외된 사람들을 다룬 전(傳)을 많이 남겼습니다. 『마장전(馬駔傳)』, 『예덕선생전(穢德先生傳)』, 『민옹전(閔翁傳)』, 『허생전(許生傳)』과 같은 작품이 그런 것들이지요. 18세기 한양의 명물 거지 광문을 다룬 『광문자전』도 그런 소설 가운데 하나입니다.

『광문자전』은 몇 개의 일화로 구성되어 있습니다. 첫 번째 일화는 거지 광문의 이야기입니다. 광문은 종로 거지들에 의해 추대되어 거지 왕초가 되지요. 그런데 사건이 생깁니다. 광문은 병이 들어 구걸을 못 나간 거지 아이를 위해 대신 밥을 빌러 나갑니다. 공교롭게도 그사이 아이가 죽자 구걸하고 돌아온 다른 거지들이 광문이 아이를 죽였다고 의심하여 두들겨 패서 내쫓습니다. 광문은 밤중에 엉금엉금 기어 어느 집으로 들어갔다가, 설상가상 도둑으로 오인되어 집주인에게 꽁꽁 묶이는 처지가 됩니다. 그러나 집주인은 광문의 순박한 말에 새벽녘 그를 풀어주게 되지요. 그러고는 떨어진 거적이 있다면 달라는 광문이 이상하여 뒤를 쫓습니다. 그랬더니 광문은 거지들이 수표교 아래

버린 아이 시체를 거적으로 싸 짊어지고는 서쪽 교외의 공동묘지에다 묻고는 통곡하는 것이었습니다. 집주인이 하도 이상해서 붙잡고 사정을 물었더니 그제야 사연을 털어놓았지요. 광문이 거지였지만 범상한 거지는 아니었다는 이야기입니다.

이 첫 번째 일화는 다음과 같이 두 번째 일화로 이어집니다.

집주인은 내심 광문을 의롭게 여겨, 그를 데리고 집으로 돌아와 옷을 주며 후하게 대우하였다. 그리고 마침내 약국을 운영하는 어느 부자에게 광문을 천거하여 고용인으로 삼게 하였다.

그런 지 한참 지난 어느 날 약국의 부자가 대문을 나서다 말고 자꾸 뒤를 돌아보았다. 그러다가 도로 방으로 들어가서, 자물쇠를 찬찬히 살펴본 다음 대문을 나서 가 버렸는데, 마음속으로는 몹시 꺼림칙한 눈치였다. 그런데 돌아와서는 화들짝 놀라며 광문을 뚫어져라 살펴보면서 무슨 말을 하려다가 안색이 달라지면서 그만두었다. 광문은 실로 무슨 영문인지 몰라 날마다 아무 말도 못하고 지냈으며, 또한 감히 그만두고 떠나 버리지도 못하였다.

며칠이 지나자 부자의 처조카가 돈을 가지고 와 부자에게 돌려주며,

"접때 제가 아저씨께 돈을 빌리러 왔다가 마침 아저씨가 안 계

시기에 스스로 방에 들어가 가져갔습니다. 아마 아저씨는 모르셨을걸요."

하였다. 이에 부자는 광문에게 몹시 부끄러워하며 사과하기를,

"내가 속 좁은 사람이로다. 점잖은 어른의 마음에 상처를 주었으니 앞으로 자네를 볼 낯이 없네."

하였다. 그러고는 자기가 잘 알고 지내는 여러 사람들과 다른 부자들과 큰 장사치들에게 두루 광문을 의로운 사람이라고 칭찬하였다.

이 두 번째 일화 역시 광문이 보통 인물이 아니었다는 사실을 보여 주고 있지요. 연암 박지원은 두 번째 일화 뒤에 광문이 외모는 추악했지만 무언 인형극인 만석희(曼碩戱, 망석중놀이)를 잘하고, 탈춤의 하나인 철괴무(鐵拐舞)를 잘 추었다는 이야기를 합니다. 그리고 "세상이 집인데 집을 따로 마련하면 뭣하느냐?"라는 반문을 통해 거지 광문의 도인적 면모를 말한 후에 다음과 같이 세 번째 일화를 덧붙이는 형식으로 소설을 마무리하지요.

한양의 이름난 기생들이 아무리 곱고 아름다워도, 광문이 소문

을 내 주지 않으면 그 값이 한 푼도 못 나갔다.

예전에 궁궐을 호위하는 우림아(羽林兒)[1]와 궁궐 각전(各殿)의 별감,[2] 부마도위(駙馬都尉)[3]의 청지기들이 옷소매를 나란히 하고 함께 운심(雲心)의 집을 찾아간 적이 있었다. 운심은 유명한 기생이었다. 대청에 술자리를 벌이고 가야금을 타면서 운심더러 춤을 추라고 권하였으나, 운심은 일부러 시간을 끌며 선뜻 추려고 하지 않았다.

광문이 그날 밤에 운심의 집으로 가서 대청 아래에서 어슬렁거리다가, 마침내 술자리에 끼어들어 가 스스로 윗자리에 앉았다. 광문은 비록 해진 옷을 입었으나 행동거지는 안하무인으로 의기가 양양하였다. 눈가는 짓무르고 눈곱이 끼었으며, 취한 척 구역질을 해 대고, 헝클어진 머리로 북상투를 튼 채였다.

온 좌객이 질색하여 광문에게 눈총을 주어 쫓아내려고 하였다. 그럴수록 광문은 다가앉아 무릎을 치며 곡조에 맞춰 높으락낮으

1. 궁궐의 호위와 의장 임무를 맡은 근위병.
2. 조선 시대에, 장원서나 액정서에 속하여 궁중의 각종 행사 및 차비(差備)에 참여하고 임금이나 세자가 행차할 때 호위하는 일을 맡아보던 하인.
3. 임금의 사위.

락 콧노래를 불렀다. 그러자 운심이 즉시 일어나 옷을 바꿔 입고, 광문을 위해 칼춤을 추는 것이었다. 그리하여 온 좌객이 실컷 즐겼을 뿐 아니라, 또한 광문과 벗을 맺고 헤어졌다.

연암은 이 소설을, 광문의 후일담인 「서광문전후(書廣文傳後)」에 밝힌 대로 열여덟 살에 썼습니다. 요즘에야 대학 입시 공부에 정신없을 나이이지요. 연암은 이 무렵 신경 쇠약과 우울증 기미가 있어 공부에 힘쓰기가 힘들었다고 합니다. 연암은 아주 신경이 예민한 체질이어서 그랬을 겁니다. 그래서 『민옹전』의 민 노인 같은 시정의 이야기꾼을 불러들여 이야기를 즐겨 들었다고 합니다. 『조선왕조실록』에도 이름이 보이는 실존 인물 광문에 관한 일화들도 그때 들은 것입니다. 연암은 그런 풍문들을 엮어 한 편의 거지 왕초 이야기를 썼던 것인데 왜 하필 거지였을까요? 연암은 광문의 이야기를 통해 무엇을 말하려고 했던 것일까요?

그런데 열여덟이라는 나이를 생각해 볼 필요가 있습니다. 연암이 아무리 천재적인 작가, 혹은 사상가라고 하더라도 그 나이라면 아직 사유가 푹 익기 전입니다. 따라서 『광문자전』에서 연암 특유의 철학과 글쓰기 방식을 찾아내려고 억지로 눈에 불을

켤 필요는 없을지도 모르겠습니다. 하지만 잘 읽어 보면 『광문자전』에는 역설을 통해 진리를 발견하려는 '인식의 지도' 한 장이 숨어 있습니다. 그리고 이 지도를 통해 광문에 관한 세 편의 일화는 연결됩니다. 위대한 작가적 재능이 이 지도 위에 이미 번득이고 있었다고 해도 좋겠지요.

거지 무리, 집주인, 약국 주인, 기방의 사내들, 이들은 모두 광문의 겉을 보고 속까지 심판하는 잘못을 저질렀습니다. 광문의 외형만을 먼저 보았기 때문이지요. 그러나 그 심판이 틀렸다는 것이 바로 밝혀집니다. 이 '선입견 뒤집기' 안에 실학의 화두였던 허(虛)와 실(實)의 관계가 숨어 있습니다. 광문을 거지로만 보는 것은 그의 허상을 보는 것이라는 뜻입니다. 중요한 것은 실상이지요. 연암이 그린 대로 광문은 대단한 예인(藝人)이었습니다. 뿐만 아니라 그는 "나는 부모도 형제도 처자도 없는데, 집을 마련해서 무엇하겠소? 더구나 나는 아침이면 소리 높여 장타령을 부르며 저자에 들어갔다가, 저물면 부귀한 집 문간에서 자는데, 한양 안에 가구가 자그마치 팔만 호라오. 그러니 내가 날마다 처소를 바꾼다 해도 내 평생에는 다 못 자게 된다오."라고 말하는 깨달은 거지, 무한히 자유로운 거지였습니다. 연암이 재구성한 광문의 이야기 속에는 실질을 중시하는 연암의 학문적 태도가 이미 모습을 드러내고 있다고 해도 좋을 것입니다.

연암의 손끝을 통해 되살아난 거지 광문은 조선 후기 사회의 소수자였습니다. 그 자신의 말대로 아침이면 '얼씨구씨구 들어간다'로 시작하는 〈장타령〉을 부르며 저자에서 구걸을 하는 처지였지요. 그가 한양이 알아주는 춤꾼이었다고 해도 다를 것은 없습니다. 거지 신세와 다를 바 없는 것이 조선의 광대 신세였으니까요.

그러나 연암은 그렇지 않았습니다. 연암 박지원은 당대의 명문 양반인 반남(潘南) 박씨 가문의 일원이었습니다. 연암의 할아버지 박필균은 영조 때 경기도 관찰사, 공조 참판 등 고위 관직을 지낸 인물이었고, 북경에 사신으로 갈 때 연암을 데리고 가서 저 유명한 『열하일기』를 쓸 기회를 준 삼종형(8촌이 되는 형) 박명원은 영조의 사위였습니다. 신분으로야 연암을 소수자로 봐야 할 아무런 이유가 없는 것이지요. 그러나 연암은 자신의 신분을 이용해 부귀영달을 꿈꾸지 않고 그 반대편 길로 갑니다. 스스로 비주류 지식인의 길을 선택한 것이지요. 기존의 통념과는 다른 식으로 고민하고 생각했고, 다른 식으로 글쓰기를 추구했습니다. 권력과 명예를 좇아 세상에 이름을 드높이기보다는, 정신적으로 자신을 소수화한 것이지요. 그를 필두로 모여든, 서얼 출신이 태반인 북학파 그룹들이 다들 그러했습니다. 이런 지식인의 시야에 당대의 사회적 약자들이 포착되지 않을 리 없는 것이지요. 가난하고 힘없는 사람들은 이들을 통해 자신의 목소리를 얻는 것입니다.

하지만 연암은 거지를 동정해 구제해야 한다는 주장을 하지는 않았습니다. 그런 마음이 없었기 때문이 아니라 그의 관심은 오히려 다른 곳에 있었기 때문이겠지요. 연암은 연민의 시선을 던지는 대신 자신의 생각을 드러내기 위해 소수자를, 좋은 의미로, 이용합니다. 이 이용을 통해 연암은 역설적이게도 '소수자-거지의 존재론'을 정확하게 구현합니다. '소수자는 반성의 시금석'이라는 존재론, 곧 소외된 사람들을 통해 우리가 미처 보지 못했던 세상을 새롭게 보거나 반성할 수 있다는 생각이 바로 그것입니다. 반성은 가던 길을 돌이키게 하고 낡은 생각을 바꾸는 힘이 있지요. 이것이 거지 광문의 일화를 통해 연암이 말하려고 했던 바의 줄가리입니다. 이런 소수자-거지를 통한 말하기는 거지에 대한 동정 이상으로 값진 것이 아닐까요?

연암의 이런 문학적 성취는 그가 당대의 지배 세력인 노론 가운데서도 상당한 가문 출신이면서도 실사구시(實事求是)의 정신으로 '대체 참된 학문이란 무엇인가'를 끊임없이 고민했던 지적 노력의 결과입니다. 그런 노력이 그에게 신분을 넘어선 '연암학파'라는 동아리를 형성하게 했고, 『열하일기』가 보여 주듯이 금서(禁書)가 될 정도로 새로운 글쓰기에 심혈을 기울이게 했던 것입니다. 바로 여기서 '옛것을 본받아 새것을 창조한다'는 법고창신(法古創新)의 글쓰기 이론이 성립될 수 있었겠지요. 연암은 그 좋은 본보기로서 『광문자전』을 비롯한 전(傳)이라는 형식의 소설로 지식인이 소수자와 만나는 새로운 글쓰기 형식을 개척해 우리 앞에 던져 놓은 것입니다.

6
김삿갓, 한시를 뒤집다

김삿갓, 한시를 뒤집다

두 친구가 구두를 닦으며 대화를 나누고 있습니다.

"그나저나 그 집 첫째 아들이 성격적으로 활달하고, 우리 동네에선 리더십이 가장 뛰어났잖어?"

"우리 첫째 아들이 솔직히 뭐, 어떤 모임에 가도 앞장서는 리더였잖어."

"그럼, 항상 앞장섰지. 그러니까 밤만 되면 뒤에 오토바이를 백대씩 끌고 다니는 거지."

이 대목에서 웃음이 터집니다. 텔레비전 개그 프로그램의 한 장면이지요. 두 사람의 정상적인 대화는 리더십을 폭주족 리더십에 갖다 붙임으로써 깨어집니다. 이렇게 어울리지 않는 두 상황의 만남 속에서 웃음이 흘러나오고, 동시에 아들 자랑을 하는 상대편에 대한 야유도 흘러나옵니다. 교묘한 말장난이 만들어내는 효과지요.

우리가 잘 아는 〈봉산탈춤〉의 '양반 과장'을 보면 유명한 말장난이 나옵니다.

"쉬이, 양반 나오신다! 양반이라니 노론, 소론, 이조, 호조, 옥당을 다 지내고 삼정승 육판서를 다 지낸 퇴로 재상으로 계신 양반인 줄 알지 마시오. 개잘량(양)이라는 '양' 자에 개다리소반이라는 '반' 자를 쓰는 양반이 나오신단 말이오."

"야, 이놈 뭐야아?"

"아아, 이 양반이 어찌 듣는지 모르겠소. 노론, 소론, 이조, 호조, 옥당을 다 지내고 삼정승 육판서를 다 지내고, 퇴로 재상으로 계시는 이 생원네 삼 형제분이 나오신다고 그리했소."

하인인 말뚝이가 점잔을 빼고 마당으로 나서는 상전을 말장난으로 놀리는 장면입니다. 말뚝이는 양반들의 언어인 한문을 패러디하여 뒤집습니다. 개잘량, 곧 개가죽 양 자, 개다리소반 반 자라는 어법을 통해 양반을 개에 비기고 있는 것이지요. 대단한 독설입니다. 듣는 양반은 상당히 기분 나쁘겠지만 이 말뚝이의 비상식적 말장난을 통해 탈춤의 마당에는 웃음이 터집니다. 정상적인 언어를 뒤집는 말장난의 효과지요.

이런 식의 말장난은 인간이 가진 유희의 정신을 보여 줍니다. 인간을 '호모 루덴스(놀이하는 인간)'라고 하지 않던가요. 그런데 이런 보편적인 말장난이 소수자들의 입에서 흘러나올 때 그 말장난의 의미는 사뭇 달라집니다. 앞서 소개한 개그 프로그램의 콩트에는 세상이 다 리더십, 리더십 하는데 정작 폭주족 리더십밖에 기를 수 없는 처지에 있는 청소년들과 구두닦이의 모습으로 등장한 부모들의 한숨, 혹은 자기 비하의 목소리가 스며 있습니다. 그래서 그 웃음은, 웃고 나서 조금 생각해 보면 씁쓸한 맛이 감도는 웃음이 됩니다. 그에 비해 〈봉산탈춤〉의 목소리는 선명합니다. 말뚝이 자신을 향한 것이 아니라 그와 대립하는 적대자 양반을 겨냥하고 있는 것이지요. 그래서 웃음은 경쾌합니다. 하지만 어느 경우이건 이들의 말장난은 말을 부리는 소수자들의 억압된 심리를 웃음을 통해 해소해 주는 효과가 있습니다. 그리고 그런 심리적 억압을 만들어 내는 사회 체제가 부당하다는 것을 천하에 드러내는 정치적 효과도 동시에 지니고 있습니다. 말장난이 '장난'이 아닌 셈이지요.

이제 장난 아닌 말장난 하나로 조선 팔도를 통일한 19세기의 떠돌이를 만나 볼 때가 되었습니다. 속칭 김삿갓이라고 불렸던 이 떠돌이를 통해 소수자의 언어가 어떻게 세상을 향한 똥침이 되는지 확인해 보지요.

앞서 연암 박지원의 글쓰기를 다뤘지요. 그런데 박지원보다 더 파격적인 글쓰기를 구사했던 인물이 김병연(金炳淵, 1807~1863)입니다. 박지원이 인물전 형식의 소설을 통해 소수자에 주목했다면 김병연이 언어적 무기로 사용했던 것은 한시입니다. 당대 사대부 지식인들의 가장 일반적인 언어였지요. 어떤 식의 시 쓰기였는지 먼저 한시를 한 편 읽어 볼까요?

곤란하다 곤란하다 대동난 難之難之大同難

세상에 제일 곤란한 대동난 世上難之大同難

내 나이 일곱에 아비 잃게 한 대동난 我年七世失父難

우리 어미 청춘과부 만든 대동난 吾母靑春寡婦難

반복되는 말대로 「대동난(大同難)」이란 제목의 시입니다. '한시는 어렵다'라는 우리의 선입견을 펑 터뜨려 버리는 대단히 쉬운 한시지요. 쉬울 뿐만 아니라 장난하듯이 같은 말을 반복하여 말맛을 느끼게 해 주는 재미난 한시입니다. 하지만 '난' 자의 반복을 통해 시상을 고조시키면서 3, 4연의 충격적인 발언으로 화자인 '나'의 고난을 집약적으로 드러내고 있습니다. 대동법에서 비롯된 백성에 대한 지배 계층의 수탈이 얼마나 심각했던가를 말하고 있지요.

여기서 잠깐 대동법 이야기를 해 볼까요? 대동법은 조선 시대에 국가에 바치던 공물(貢物)을 쌀로 통일하도록 한 납세 제도로 17세기 효종 때에 와서야 전국적으로 시행되지요. 흔히 조선 시대 개혁 정치의 꽃이라고 평가됩니다. 그 이유는 땅을 많이 소유한 부자들에게는 세금을 많이 걷고 땅이 없는 백성들에게는 세금을 면제해 주었기 때문이지요. 지금도 국회에서 매일 싸우는 문제가 세금 문제 아닙니까? 한데 김병연의 시대에 이르면 '삼정(三政)의 문란'으로 요약되는 제도의 왜곡이 일어납니다. 대동법도 마찬가지였고요. 말하자면 대토지를 가진 사람이 물어야 할 대동세를 그 토지를 빌려 농사를 짓는 소작인들에게 물리는 사태가 발생합니다. 먹고살자니 땅이라도 빌려 농사를 지어야 하는데 농사를 지어 놓으면 대부분을 세금으로 물어야 하니,

가난한 백성들은 죽을 지경에 처할 수밖에 없었던 것이지요.

「대동난」의 화자는 그 와중에 아버지를 잃었고, 어머니는 청춘과부가 될 수밖에 없었다는 것이지요. 아버지 없는 화자 역시 조만간 죽거나 산속으로 도망칠 수밖에 없는 현실이라는 것입니다. 김병연은 이처럼 곤란한 일을 당한 백성들을 만나면 한시를 지어 관가에 가져가게 해서 백성들의 어려움을 해결해 주곤 했다고 합니다. 이런 시를 소제시(訴題詩)라고 하지요. 소송을 주제로 삼은 시란 뜻입니다. 소제시를 통해 김병연은 백성들의 말, 소수자들의 말을 대신해 준 것입니다.

김병연이 백성들의 처지를 대변할 수 있었던 것은 그의 유랑생활 덕분인데 사실 그의 유랑 자체가 백성들의 현실과 무관치 않습니다. 19세기 대표적 민란의 하나인 홍경래의 난(1811)이 일어났을 때 선천 부사(宣川府使)로 있던 할아버지 김익순(金益淳)이 홍경래에게 항복하는 일이 생기지요. 이 일로 김익순은 대역죄인이 되어 처형당합니다. 식구들 역시 죽음에 내몰리게 되지요. 그런데 당시 다섯 살이었던 김병연은 하인 김성수(金聖洙)의 도움으로 황해도 곡산으로 도망칩니다.

김성수의 자식으로 자란 김병연은 후에 과거 시험을 봅니다. 하지만 집안 내력을 모르는 상황에서 김익순의 항복 행위를 비판하는 내용의 답을 적어 급제를 합니다. 과거에 급제를 하면 급제한 사람의 집안 내력을 밝히게 되는데 그 과정에서 김병연은 날벼락을 맞습니다. 자신이 비판한 인물이 바로 할아버지였다는 벼락 말이지요. 큰 충격에 휩싸인 김병연은 차마 하늘을 볼 수 없다 하여 삿갓을 쓰고 방랑의 길로 나섭니다. 이것이 김삿갓의 탄생 내력입니다.

김병연은 스스로 정치적 소수자의 길을 선택한 것입니다. 마음이야 괴롭겠지만 권력을 좇아 벼슬살이를 할 수도 있었겠지요. 그러나 그렇게 하지 않았습니다. 그런데 오히려 그런 선택을 함으로써 김병연은 민란이 일어날 수밖에 없는 19세기 조선의 현실을 목격하게 됩니다. 출셋길을 벗어나 변방에서 살기를 택한 지식인의 눈에 비친 백성들의 삶! 이 만남에서 소제시가 가능했던 것입니다. 김삿갓은 백성들의 변호사를 자임한 셈이지요.

이런 김병연의 행로가 가장 극적으로 나타난 것이 희작시(戱作詩)입니다. 희작시란 말 그대로 유희적으

로 지은 시지요. 게임을 하듯이 시 짓기를 통해 웃고 즐기는 놀이의 일종이라고 할 수 있습니다. 물론 이 장난에는 장난 이상의 뜻이 숨어 있지만 말이지요. 앞의 「대동난」보다 조금은 더 어려운 시 한 편을 읽어 볼까요?

신선은 산사람이고 부처는 사람이 아니며 仙是山人佛不人

기러기는 오직 강의 새니 닭은 어찌 새가 아니랴?

鴻惟江鳥鷄奚鳥

얼음에서 한 점을 빼면 다시 물이 되고 氷消一點還爲水

두 나무가 서로 마주 보면 곧 숲을 이룬다 兩木相對便成林

이 시는 「파자시(破字詩)」라는 제목대로 여섯 가지 조합 원리(육서, 六書)로 이뤄진 한자를 깨뜨리면서 재미있는 말놀이를 보여 주고 있습니다. 신선 선(仙) 자는 깨뜨리면 사람 인(人) 자와 뫼 산(山) 자가 모인 것이니 신선은 산사람이란 뜻이지요. 그렇다면 부처 불(佛) 자는 사람 인(人) 자와 아닐 불(弗) 자가 모인 것이니 부처는 사람이 아니라는 뜻 아니냐? 이렇게 슬쩍 농담을 던지는 것이지요. 한문을 배워 한시를 쓸 줄 아는 사람이라면 두 글자의 조합 원리가 다르다는 것을 다 압니다. 회의자(會

意字)인 신선 선 자와 달리 부처 불 자를 이루고 있는 아닐 불(弗)은 뜻이 아니라 소리만 빌려 조합한 형성자(形聲字)입니다. 한문이라는 지배층의 언어를 가지고 장난을 친 것이지요.

이어지는 2연도 비슷합니다. 기러기 홍(鴻) 자는 본래 음을 표시하는 강(江, 홍은 강이 변한 소리) 자와 뜻을 표시하는 새 조(鳥)가 모여 이뤄진 형성자입니다. 그런데 기러기를 강 자의 뜻을 가져와 회의자처럼 강의 새라고 우긴 다음 같은 논리로 닭 계(鷄) 자의 왼쪽에 있는 어찌 해(奚)를 소리가 아니라 뜻으로 새겨 닭이 날지 못한다고 왜 새가 아니라고 하느냐고 반문하고 있는 것이지요. 파자 유희가 묘한 재미와 웃음을 선사합니다. 1, 2연에 비하면 얼음 빙(氷) 자나 수풀 림(林) 자의 파자를 통해 얼음이 물이 되고, 나무가 수풀을 이루는 자연의 원리를 진술한 3, 4연은 다소 싱겁습니다. 뒤로 가면서 파자 유희의 긴장감이 떨어져 그리 좋은 파자시라고는 할 수 없습니다.

희작시의 사례로 든 「파자시」는 김병연의 작품이지만 이런 식의 희작시를 김병연만 즐겼던 것은 아니기 때문에 이 작품에서 그의 진면목을 살피기는 어렵습니다. 김병연의 진짜 희작시를 보려면 제목도 파격적인 「파격시(破格詩)」 같은 작품을 살펴야 하겠지요.

天長去無執, 花老蝶不來

菊樹寒沙發, 枝影半從池

江亭貧士過, 大醉伏松下

月利山影改, 通市求利來

이 시는 외형적으로 오언 율시(五言律詩)의 형식을 지니고 있습니다. 그래서 겉모습대로 시를 해석하면 "하늘은 멀어서 가도 잡을 수 없고(天長去無執) / 꽃은 시들어 나비가 오지 않네(花老蝶不來) / 국화는 찬 모래밭에 피어나는데(菊樹寒沙發) / 나뭇가지 그림자는 반이나 연못에 드리웠네(枝影半從池) / 강가 정자에 가난한 선비가 지나가다(江亭貧士過) / 크게 취해 소나무 아래 엎드렸네(大醉伏松下) / 달이 기우니 산 그림자 바뀌는데(月利山影改) / 시장을 통해 이익을 얻어 오네(通市求利來)"가 됩니다. 여러 풍경이 나열되어 있기는 한데 이미지가 통일되어 있지 않아 시의 뜻이 모호하지요? 더구나 마지막 연은 도무지 종잡을 수 없습니다. 쓸쓸하고 우울한 분위기 정도만 느껴질 뿐입니다. 제목대로 파격시가 아니고 격에 맞춘 시라면 도저히 좋은 시라고 말할 수가 없지요.

이런 모호함의 함정에서 빠져나오려면 제목이 가르쳐 주는 대로 해석해야 합니다. 한시의 관습적인 발상을 버리고 소리에 주목해야 합니다. "천장 거무(미)집 / 화로 접(겻)불 내 / 국수 한 사발 / 지영(지렁=간장) 반 종지 / 강정 빈 사과 / 대취(대추) 복송하(복숭아) / 월리(워리) 산영개(사냥개) / 통시(변소) 구리래(구린내)" 라고 소리 나는 대로 읽으면 손은 절로 무릎을 치고, 웃음은 절로 얼굴을 폅니다. 그러나 두 번 세 번 소리 내어 읽다 보면 웃음이 그치면서 겨울 산골의 넉넉지 않은 살림살이가 떠오르지 않을까요? 해학이란 말이 저절로 떠오를 수도 있겠고요.

이런 뜻과 소리의 불협화음을 통한 파격과 파격이 불러일으키는 웃음이야말로 한시 쓰기와 읽기의 관습을 전복시킵니다. 앞서 「파자시」 역시 한시 창작의 규범을 희화화하는 측면이 있지만 그것은 여전히 동아시아 한문의 전통 안에 있지요. 그러나 「파격시」에 이르면 한문의 전통마저 해체됩니다. 당대 조선 하층민들의 언어였던 말을 통해서만 의미가 구성됩니다. 이처럼 당대의 지배적 문화 체계를 형성하고 있었던 한문과 한문에 기초한 정치적 지배 체제를 철저히 부정했던 것이 김병연의 희작시였던 것이지요.

앞에서 잠깐 이야기했던 말뚝이의 말장난과 「파자시」가 상당히 비슷하다는 생각이 들지 않나요? 그만큼 김병연의 떠돌이

삶이 하층민의 삶과 가까웠다는 뜻이지요.

김병연의 파자시 가운데는 더 외설스러운 것도 많지만 독자를 고려해서 점잖은 것만 예로 들었습니다. 그런데 19세기 김삿갓의 방랑에 대해 한 가지 더 생각해 볼 점이 있습니다. '가짜 김삿갓' 현상이지요. 김삿갓이 유명 인사가 되고, 그의 활동에 백성들이 공감하게 되면서 팔도에 홍길동처럼 김삿갓이 출현합니다. 김삿갓은 양반 출신이었지만 스스로 소수자가 되면서 또 다른 김삿갓을 불러낸 것이지요.

소수적 문학의 특징으로 우리는 체제를 뒤엎는 전복성과 더불어 집단성 혹은 정치성을 듭니다. 전복성이 불러일으키는 공감이 집단성을 만든다는 것이지요. 김병연의 시가 끊임없이 모방작을 낳으면서 팔도로 퍼져 나간 것이 바로 그 예입니다. 개그 프로그램의 어떤 말장난이 대중의 공감을 얻어 모방의 대상이 되는 현상과 다를 바 없습니다. 그러나 모든 '언어의 유행'이 정치적인 의미를 갖는 것은 아닙니다. 말뚝이의 말처럼 지배 권력에 대한 풍자와 비판이 함께 드러나야 하지요. 조선 팔도에

횡행하던 김삿갓의 시들이 그러했던 것이지요. 김삿갓은 지배자의 언어였던 한시를 조롱하면서 중세의 겨울, 양반의 겨울을 노래했던 시인이었습니다.

모난 관에 긴 담뱃대 문 양반집 아이들 方冠長竹兩班兒
새로 산 맹자 들고 큰 소리로 읽고 있네 新買鄒書大讀之
대낮에 갓 태어난 원숭이 새끼들처럼 白晝猴孫初出袋
저물녘 연못에서 와글대는 개구리들처럼 黃昏蛙子亂鳴池

(「양반집 애들을 비웃다(嘲兩班兒)」)

7
내시의 무덤에는 이름이 없다

내시의 무덤에는 이름이 없다

서울 도봉구 창동과 노원구 월계동에 걸쳐 초안산이라는 이름의 야산이 있습니다. 거기에 비석도 없는 무덤들이 여기저기 있는데 문화재청에서 '초안산 조선 시대 분묘군'이라는 이름을 붙여 사적지로 지정해 놓았습니다. 왜 비석이 없을까요? 조금만 둘러보면 금방 의문이 풀립니다. 조선 시대 내시들의 무덤이니까요. 한데 이들 무덤은 한결같이 서쪽을 보고 누워 있습니다. 임금이 있는 대궐 쪽으로 누워 있는 것이지요. 죽은 후에도 임금을 향하는, 그들의 이름도 없는 마음이 가슴 아프게 느껴집니다.

내시는 조선 시대 내시부(內侍府)의 관원을 이르는 말입니다. 궁궐 안에서 왕실을 위해 여러 업무를 수행하는 여성이 궁녀라면 남성이 내시지요. 궁녀가 그러하듯이 내시도 종2품 상선에서 종9품 상원에 이르는 품계가 있었고, 녹봉을 받는 국가의 관리였습니다. 때로는 왕권을 등에 업고 권력을 휘두른 내시도 없지 않았고, 권력을 이용해 재산을 쌓기도 했지요. 이런 관점에서만 보면 내시는 신분상 하층 남성과 같은 소수자로 보기 어렵습니다. 하지만 내시를 바라볼 때 생활의 터전인 궁궐의 권력관계를 떼어 놓을 수는 없습니다. 힘이 있고 없음은 관계 속에서 형성되는 것이니까요. 궁중에서 내시는 궁녀와 마찬가지로 소수자 신분이었다고 해도 좋을 것입니다.

그런데 내시의 소수자적 성격은 여기서 끝나지 않습니다. 우리가 잘 아는 것처럼 내시는 궁궐에 상주했기 때문에 거세하지 않고는 입궐을 할 수가 없었습니다. 선천적으로 신체적 결함이 있든지 궁핍을 벗어나기 위해 스스로 거세를 했든지 간에 거세는 내시의 징표였고, 그로 인해 내시는 다른 남성들에 비해 소외된 처지에 처할 수밖에 없었지요. 양자를 들여 가정을 이루고, 족보를 만든다고 해서 그들의 위치가 달라지는 것은 아니었습니다. 내시는 조선 사회에서 이중적으로 소외된 존재들이었어요. 내시들의 무덤에 비석이 없었던 이유도 여기에 있습니다. 내시들의 문학적 형상 역시 이런 배경에서 빚어진 것입니다.

내시가 세간의 흥밋거리가 되는 것은 성(性)과 연결되어 있는 거세 때문이지요. 이 흥미 있는 이야깃거리를 야담(野談)처럼 잘 보여 주는 문학 갈래도 드뭅니다. 임매(任邁, 1711~1779)가 지은 『잡기고담(雜記古談)』에 실려 있는 「내시의 아내(宦妻)」 한 대목을 잠시 읽어 볼까요?

늙은이는 본래 서울 양갓집 자식이었는데 조실부모하고 숙모의 손에서 자랐다오. 그 숙모가 나를 어여삐 여기지 않더니 결국 내시에게 시집을 보냈지 뭐겠소. 신혼 첫날밤 내시는 내 옷을 벗기고 맨 살갗을 비비면서 가슴과 배꼽을 애무하며 입술과 혀를 물고 빨고 하더라오. 내가 그때 겨우 열여섯이었으니, 남녀가 동침한다는 것이 그냥 이런 것뿐인 줄 알았지 뭐겠소.

그러다가 나중에 정욕이 점차 생겨나면서 그것이 무엇인지 차차 알게 되니 내시에 대한 미움이 점점 심해졌다오. 남자와 동침하고 싶은 욕정이 일어나면 가슴에 원망이 가득 차올랐고, 심지어는 눈물마저 흘렸다오. 봄기운이 화창하여 벌과 나비가 나풀거리고 꾀꼬리와 제비가 지저귀는 시절이 돌아오기만 하면 침상에 기대어 하품과 기지개를 켜며 그리움에 사무치며 한편으로 가만히 생각해 보았지요.

'비단옷과 좋은 밥 따위는 내게 아랑곳없는 것이다. 초가지붕 아래서라도 진짜 남자와 반 폭짜리 베 이불을 함께 덮고 한 줄기 풀뿌리를 함께 씹는다면 그것이 인생의 참된 즐거움인 것을. 나는 아직 처녀이니 다른 남자에게 도망치는 것이 어찌 절개를 잃는 일이 되겠는가.'

이런 결심을 하고 도망갈 궁리를 했지만 겹겹의 문과 높은 담들이 삼엄했다오. 그러니 혹시라도 발각된다면 이 한목숨 보전하기 어려울 것 같아 두려워 감히 시행하지 못한 채 몇 년이 흘렀다오. 하나 결국 참지 못하게 되니 이런 생각이 들었다오.

'이렇게 인생을 보낸다면 백 년을 산다 한들 무슨 즐거움이 있으랴. 차라리 도망가다 발각되어 죽임을 당하는 것이 이곳에서 말라 죽는 것보다 통쾌하지 않겠는가!'

이 이야기는, 고민 끝에 결국 내시 남편을 버리고 가출한 뒤 중을 따라가 중을 환속시키고 그의 아내가 된 한 여인의 고백입니다. 한 서울 선비가 충청도에 논밭이 있어 자주 내려갔는데 갈 때마다 묵던 공주 구리내의 노부부 집에서 들었다는 고백이지요. 고백의 당사자는 바로 그 집 노파였습니다. 노파는 젊은 날에 감행했던 자신의 선택이 자랑스러웠는지 자기 이야기를 하고 싶어 입이 근질근질한 늙은이로 묘사되어 있습니다. 이 노파의 형상에는 정욕을 긍정하는 작가의 시각이 개입되어 있지요. 그래서인지 작품의 분위기는 이야기판의 소화(笑話)처럼 시종 유쾌하기만 합니다.

현재의 눈으로 보면, 젊은 날의 노파 역시 가부장제 사회의 피해자였습니다. 당시 관습대로 억지 시집을 간 데다 내시를 혼처로 선택한 숙모의 행위는 학대일 수 있으니까요. 그렇지만 시대 상황을 생각한다면 결혼한 여성이 담장을 넘는 행동은 대단한 용기였다고 할 수 있습니다. 목숨을 걸지 않으면 할 수 없는 일이지요. 자신의 성욕을 거리낌 없이 드러내는 것 역시 솔직하고 주체적인 모습이고요. 그러나 '여성을 성적으로 만족시키지 못하는 쓸모없는 남자'로 내시를 묘사한 점은 또 다른 문제일 수 있습니다. 자신의 의지와 상관없이, 어쩔 수 없이 신체적 결함을 지니게 된 내시의 처지는 거의 고려하지 않은 것이니까요. 더구나 작가는 다른 사람의 말을 인용해 이렇게까지 말합니다.

내가 들으니, 내시들의 탐욕은 보통 사람보다 배나 더하다고 한

다. 잠자리에서 광포함이 특히 심한데 욕정의 불이 타오르기는 하는데 배설시키지는 못하니 끌어안고 데굴데굴 구르기도 하고 심지어는 살갗을 씹기도 한다고 한다.

이런 분석을 곁들이면서 이 이야기 끝에 "좌중이 배를 잡고 웃었다."라고 끝을 맺습니다. 소수자에 대한 연민이나 성찰보다는 소수자를 웃음거리로 만들어 버리고 있는 것이지요. 마치 장애인이나 트랜스젠더를 비웃는 것과 마찬가지라고 할 수 있습니다. 이 희화화 속에는 왕권을 유지하기 위해 만들어진 내시에 대한 이해의 시선이 보이지 않습니다. "내시들의 탐욕은 보통 사람보다 배나 더하다."며 편견 가득한 시선으로 바라보지요. 몰이해로 인한 소외, 내시들의 아픔이 배가되는 까닭이 여기에 있을 것입니다.

그런데 또 다른 18세기 야담집인 『기문습유(記聞拾遺)』를 보면 내시에 대한 다른 시각이 드러나 있어 좋은 비교거리가 됩니다. 「의로운 환관(義宦)」이라는 이야기입니다.

환관이란 내시의 다른 이름입니다. 어떤 의로운 일을 했는지 작품의 후반부를 함께 읽어 볼까요?

이때 비로소 주인이 선비에게 사연을 들려주었다.

"저 여자는 본래 양가(良家)의 딸인데 가난하고 의지할 데가 없어 내가 키웠다오. 자색이 저만하고 재주도 있는데 속절없이 규방에서 늙어 가는 것이 늘 애련(哀憐)했다오. 근데 저번 밤 꿈에 황소 한 마리가 자기 배에 걸터앉았다가 용으로 변해 하늘로 날아갔다고 했다오. 내 몸이 병신이 아니었더라면 충분히 아들을 낳아 과거에 급제하게 할 수 있었을 텐데 이승에서는 길조에 응할 길이 없었소. 그래서 존객(尊客)을 맞아 이런 좋은 일을 꾸몄다오. 저 사람이 이왕 당신을 모셨으니 데려가는 것이 옳겠소."

"성의는 감사하오나 이번 걸음에 어떻게 데려갈 수 있겠습니까?"

"내가 벌써 가마에 태워 가게 준비를 해 두었다오."

집 앞에서 송별하면서 주인은 새살림 도구까지 다 마련해 주는 것이었다. 선비는 과거에 급제하고 소실까지 얻어 기쁨을 이기지 못했다. 고향 영남으로 돌아가자 모두들 축하해 주었다.

그 뒤 선비는 다시 과천에 들렀다. 그때 주인은 처연한 얼굴로 말했다.

"전날의 정의(情意)가 있기는 하지만 나는 환관(宦官)이요, 존객은 명관(名官)이라오. 이제부터는 내왕을 끊고 오직 먼 훗날 지하에서 만나기를 바라오."

이렇게 하여 서로 영영 소식이 끊기고 말았다.

선비의 성명은 밝힐 것이 없겠고, 환관은 바로 김창의(金昌義)다. 그는 시와 술과 글씨, 거문고, 그림, 바둑을 잘해 풍류남아로 이름이 있었다. 일찍이 귀향하여 산수 간에 은거하면서 자호(自號)를 어초자(魚樵子)라고 했다. 그의 송별시(送別詩)는 이렇다.

만물이 음양을 갖추었는데
나 홀로 그렇지 못하여 가엾구나
이팔청춘 규방 여자는
저무는 꽃 앞에서 눈물 흘리는데

이 시 한 편을 보아도 그의 솜씨를 알 만하다. 그는 실로 의로운 환관이라 할 것이다.

환관 김창의라는 실명이 거론되어 사실처럼 실감이 납니다. 하지만 환관 김창의가 실존 인물이었는지는 확인할 길이 없습니다. 『조선왕조실록』에 그런 이름이 보이지 않고, 다른 기록도 없으니까요.

하지만 실존 여부보다 흥미로운 것이 작가가 이야기를 엮어 나가는 솜씨입니다. 과거를 보러 상경하던 영남의 한 선비가 과천을 지나다가 대갓집에 억지로 끌려 들어갑니다. 집주인인 환관은 그를 환대하면서도 사정은 전혀 이야기하지 않습니다. 그저 기다리라고만 말합니다. 억지로 붙잡힌 선비나 이야기를 읽는 독자나 그 사정이 궁금하기는 마찬가지지요. 궁금증에 몸 달아하던 선비는 그 집에 며칠을 머물면서 베일에 싸인 여인과 동침을 하기에 이릅니다. 그리고 선비는 환관의 도움으로 마침내 과거에 급제까지 합니다. 환관은 선비가 삼일유가(三日遊街)[1]를 마치고 고향으로 돌아가는 길에 과천에 들르자 비로소 사연을 들려줍니다. 사연인즉 바로 앞에서 인용한 내용이지요. 작가는 물음표를 던지면서 흥미를 고조시키는 창작 수법을 구사하고 있는 것입니다.

작가가 흥미로운 이야기 전개를 통해 독자를 끌어들이면서

1. 과거에 급제한 사람이 풍악을 울리며 사흘 동안 시험관과 선배 급제자와 친척을 방문하던 일.

말하고자 하는 메시지는 인간의 본성을 지나치게 억눌러서는 안 된다는 것입니다. 인간의 본성을 긍정한다는 점에서는 앞에서 읽었던 「내시의 아내」와 같지만 이들 작품은 두 가지 점에서 차이가 있지요. 하나는 초점이 내시에 맞춰져 있다는 것이고, 다른 하나는 내시에 대한 긍정적인 시선이 깔려 있다는 것입니다. 작가는 환관 김창의가 선비를 끌어들이고, 선비의 정욕을 이용하여 자기 여자의 앞길을 열어 주는 용의주도한 면모를 통해 그의 인간 됨됨이를 드러내고 있습니다. 더구나 김창의는 제 여자만이 아니라 과거에 급제해 벼슬길에 오른 선비의 처지도 배려해 주는 인물로 묘사됩니다. 이런 환관의 태도를 통해 작가는 내시를 단지 성불구자가 아니라 한 인간, 그것도 인간에 대한 깊은 이해와 사랑을 지니고 있는 바람직한 인간으로 그려내고 있는 것이지요.

「내시의 아내」, 「의로운 환관」 두 작품 가운데 어느 쪽에 소수자에 대한 배려의 시선이 깔려 있는지는 말할 필요가 없겠지요. 작품 속에 그려진 환관 김창의 역시 작가와 마찬가지로 배려할 줄 아는 인물이었습니다. '송별시'가 노래하듯이 그는 자신의 가엾은 처지만 본 것이 아니라 한 여성의 눈물을 볼 줄 알았던 인간이었으니까요.

언제 기회가 되면 초안산에 올라가 '초안산 조선 시대 분묘군' 사이를 거닐어 보기 바랍니다. 그때 의로운 내시 김창의의 이름을 불러 보아도 좋겠지요.

8

오늘이는 오늘 누구인가?

오늘이는 오늘 누구인가?

제주도 신화 가운데 〈원천강본풀이〉라는 것이 있습니다. 현재는 제주도의 어느 굿에서도 불리지 않는 무가이고, 채록 상황도 불분명한 판본 하나가 남아 있어서 과연 무가였는지 알 수 없다는 학자들도 있는 '수상한' 무가입니다. 아, 여기서 '무가'라는 말은 무당들이 굿을 할 때 부르는 노래라는 뜻입니다. 무당들의 말로는 '본풀이'이고, 본풀이란 자신이 모시는 신의 근본 내력을 푼다, 이야기한다는 뜻인데 학자들이 무가(巫歌)라는 한자 말을 나중에 붙여 놓은 것이지요. 이 무가는 대부분 신의 이야기여서 신화, 특히 무속 신화라고 합니다.

이 수상한 무속 신화의 주인공이 '오늘이'입니다. 뭔가 사연이 있을 법한 재미있는 이름이지요? 오늘이는 강림들이라는 들판에서, 제주도의 많은 신들처럼 홀로 솟아납니다. 홀로 솟아났으니 부모가 없습니다. 부모 대신 학이 오늘이를 키웁니다. 명성이 자자한 우리 신화의 주인공인 바리공주도 버려졌을 때 학이 날아와 돌보지요. 우리 상상계에서 학은 하늘이 보낸 새, 신의 사자입니다. 학과 살면서도 고아인 오늘이는 늘 나는 누구인지, 내 부모는 누구인지 궁금했습니다. 그런 의문을 안고 떠돌다가 백 씨 부인을 만나 자신의 부모가 있는 곳이 원천강임을 알게 됩니다. 여기서 원천강을 찾는 오늘이의 여행이 시작됩니다. 신화에서 영웅들은 늘 자아를 찾아, 문제를 해결할 비밀의 열쇠를 찾아 여행을 나서지요. 오늘이 역시 그런 점에서 영웅입니다.

오늘이가 여행길에서 처음으로 만난 인물은 백사가 별층당에서 책을 읽고 있는 장상이라는 도령이지요. 백사가가 어떤 집인지 잘 알 수 없지만 백 씨 부인과 뭔가 관계가 있을 겁니다. 백 씨 부인은 제주도의 유명한 당신(堂神)인 백주할망의 다른 이름이라고 할 수 있지요. 신당과 관계가 있는 집의 별층, 다시 말하면 특별실에서 책만 읽고 있는 소년이 장상입니다. 매일 공부만 하는 요즘 중고등학생들과 비슷한 신세지요. 장상 도령의 물음 역시 "왜 늘 글만 읽어야 하는가?"였습니다. 그는 원천강을 찾는 오늘이에게 길을 알려 주면서 원천강에 가거든 답을 얻어다

달라고 합니다.

그런데 정작 장상 도령이 알려 준 길은 원천강 직행 코스가 아니었습니다. 대신 그는 연화못가에 있는 연꽃나무가 길을 알 거라고 일러 줍니다. 우리의 삶이 의문 하나가 풀리면 다른 의문이 꼬리를 물고 나오듯이 원천강 길도 꼬리에 꼬리를 물고 이어지는 형식으로 연결되어 있습니다. 연꽃나무에게 길을 묻자 연꽃나무는 이번에는 청수당가의 구렁이를 소개하면서 자신의 고민을 털어놓습니다. 연꽃나무의 고민은 "왜 상가지에만 꽃이 피고 다른 가지에는 꽃이 피지 않는가?" 하는 것이었지요. 가지마다 꽃이 무성해야 하는데 맨 우듬지에만 독야청청 홀로 꽃이 피니 괴롭다는 것입니다.

연꽃나무와 약속을 한 뒤 얻은 답을 들고 다시 길을 떠난 오늘이는 청수당가에서 뒹굴고 있는 구렁이를 만납니다. 한데 이 구렁이는 야광주(夜光珠)를, 그러니까 구렁이가 용이 되어 승천하는 데 필요한 여의주(如意珠)를 세 개나 물고 있습니다. 구렁이의 의문은 바로 그것이었지요. "왜 야광주를 세 개나 물었는데도 승천하지 못하는가?" 이것이 구렁이의 절체절명의 물음이었습니다. 구렁이는 원천강에 가면 꼭 답을 알아봐 달라고 하면서 매일이라는 소녀에게 가 보라고 합니다. 그런데 매일이 역시 장상 도령처럼 매일 책을 읽고 있는 아이이고, 같은 의문을 품고 있던 아이입니다. 장상 도령에서 출발한 원천강 길이 매일이에게 이르자 미로에 빠진 느낌이지요? 다시 출발점으로 돌아온 것 같으니까요.

여기서 이야기는 비약을 감행합니다. 순환의 고리를 벗어나야 문제를 해결할 수 있으니까요. 매일이는 자신의 질문을 오늘이에게 넘기면서 원천강에서 물을 긷기 위해 내려온 선녀를 만나게 해 줍니다. 하지만 선녀들도 문제에 봉착해 있었습니다. 바가지가 깨져 안절부절못하고 있었으니까요. 이승에 사는 우리들처럼 〈원천강본풀이〉의 세계 속에서 문제가 없고, 고민이 없는 존재는 아무도 없습니다. 오늘이는 선녀들의 바가지를 고쳐 주고 선녀들의 도움으로 마침내 꿈에 그리던 원천강의 성문 앞에 이르게 되지요.

그런데 문을 열고 들어간 원천강의 형상이 대단히 흥미롭습니다. 우리 신화가 만들어 낸 최고의 상상력 가운데 하나지요. 오늘이는 그곳에서 꿈에 그리던, 원천강의 신인 부모를 만나 원천강을 구경하는데 그곳에서 다시 네 개의 문을 만납니다. 문을 여니 봄, 여름, 가을, 겨울이 문 안에 펼쳐져 있었습니다. 말하자면 원천강은 계절의 근원지였던 셈이지요. 오늘이의 부모는 계절의 근원, 그러니까 시간의 근원을 지배하는 신, 더 나아가면 자연과 인간의 운명을 송두리째 좌우하는 신이었던 것입니다. 그래서 원천강 신의 딸 이름은 당연히 '오늘이'겠지요. 네 계절이, 모든 시간이 한곳에 있으니까, 원천강에는 어제도 내일도 없고 오늘만 있으니까 오늘이야말로 꼭 맞는 이름이지요.

이제 문제의 해답을 얻었으니 영웅은 돌아와야 합니다. 돌아와 자기가 속한 사회의 문제를 해결하는 것이 신화적 영웅의 필연적 여정이니까요. 부모로부터 원천강의 신(神) 역할을 받은 오늘이는 여행 과정에서 만났던 존재들의 문제를 해결해 주기 위해 행로를 거슬러 돌아옵니다. 구렁이에게 전해 줄 해답은 야광주 두 개를 자신에게 달라는 것. 구렁이는 야광주 하나를 입에 물자 용이 되어 등천합니다. 구렁이가 소원을 성취하지 못했던 까닭은 욕심의 과잉 때문이었습니다. 다음은 연꽃나무에게 주는 답입니다. 홀로 꽃이 핀 맨 윗가지를 꺾어 버리라는 것. 연꽃나무가 상가지를 꺾어 오늘이에게 주자 다른 가지에서 아름다운 연꽃들이 피어오릅니다. 연꽃나무의 문제 역시 구렁이 문제의 변주입니다. 구렁이가 동물이라면 연꽃나무는 식물이지요. 식물 역시 한 가지에만 큰 열매가 맺히면 다른 가지 열매는 가늘어지거나 맺히지 않는 법이지요. 그래서 현명한 농부들은 윗가지를 솎아 냅니다. 이런 것이 자연계의 이치입니다.

그렇다면 인간인 매일이와 장상이의 문제는 어떻게 해결될까요? 두 사람의 문제는 왜 책을 읽는지도 모르면서 줄곧 책을 읽어야만 한다는 것이었습니다. 인간이 무엇인지 알기 위해서, 행복하게 살기 위해서, 시험에 합격하기 위해서, 이런 것이 해답으로 제시될 법하지요. 그런데 오늘이는 두 사람을 결혼시킵니다. 남녀의 만남, 음양의 조화가 바로 자연의 이치라는 것이지요. 아주 단순하지만 근원적인 해답을 오늘이는 던지고 있습니다. 사실 인간 세상에서 발생하는 문제의 대부분은 남녀 관계에서 비롯됩니다. 아름다운 남녀 관계가 이뤄져야 윗가지를 버린 연꽃나무처럼 꽃이 무성해지고, 불필요한 야광주를 버린 구렁이처럼 승천할 수 있다는 뜻이지요. 물론 오늘날 음양 조화란 단순한 생물학적 남녀 관계를 넘어서는 것이겠지만요.

그런데 오늘이는 인간과 자연계의 문제를 해결해 주는 과정에서 얻은 야광주와 연꽃나무를 가지고 신녀의 역할을 수행합니다. 부모로부터 신직을 받기는 했지만 맡은 일을 할 수 있는 온전한 능력은 아직 지니지 못한 상태였었지요. 그런 오늘이가 세상의 온갖 물음들을 풀어 주는 과정에서 온전한 능력을 지닌 존재로 거듭납니다. 다시 말하면 원천강의 신 오늘이가 인간,

동식물의 문제를 풀어 주었을 뿐만 아니라 인간과 동식물 역시 오늘이가 온전한 원천강의 신이 되는 데 결정적 역할을 했다는 것이지요. 이처럼 자연물과 인간, 신이 서로 맞물려 서로를 살리는 이야기가 〈원천강본풀이〉입니다. 이런 것이 바로 신화이고, 신화가 전하는 메시지인 것이지요.

이렇게 이야기를 따라 읽어 가다 보니 매일이나 장상이처럼 의문이 생깁니다. 왜 무당들은 이런 '이상한' 이야기를 만들어 냈을까 하는 물음이 그것입니다. 세상에는 무수한 이야기들이 있지만 이야기에는 다 숨은 뜻이 있지요. 이 의문을 풀어야 우리도 구렁이처럼 등천할 수 있지 않을까요?

전해지는 바에 따르면 〈원천강본풀이〉는 '신굿'에서 불리던 무가라고 합니다. 무당들이 아픈 사람을 치료하거나 죽은 혼을 위로하기 위해 벌이는 것이 굿인데 굿 가운데는 신굿이라는 것이 따로 있습니다. 신굿이란 내림굿을 받아 무당이 된 이들이 자신이 모시는 신을 위해 벌이는 무당들만의 굿입니다. 일생 동안 세 번만 한다는 특별한 굿이지요. 그렇다면 신굿에서 불리던

〈원천강본풀이〉의 주인공 오늘이는 무당 자신들의 모습이 투영된, 무당 자신들의 이야기가 아닐까요? 제주도에서는 무당을 심방이라고 하니 〈원천강본풀이〉는 심방의 이야기겠지요. 그러고 보니 멀리 인간 세상 바깥으로 여행을 다녀와 인간 세상의 여러 문제를 해결해 주는 오늘이의 행로가 심방들의 삶과 참으로 많이도 닮았습니다.

제주도에서 한반도로 건너오면 유명한 바리공주, 혹은 바리데기라는 신화의 주인공이 있습니다. 잘 알려진 사실이지만 제주도에는 〈바리데기〉 신화가 전승되고 있지 않습니다. 〈바리데기〉는 한반도 지역에서만 전승되는 무가입니다. 바리데기 역시 부친의 죽을병을 고치기 위해 저승 여행을 다녀오지요. 저승에서 생명수와 생명꽃을 구해 와 죽은 부친을 되살려 냅니다. 그러고는 이승의 부귀영화를 마다하고 저승의 신이 됩니다. 오늘이의 행로와 대단히 비슷하지요. 바리데기가 저승의 신이라면, 오늘이는 사계절의 근원인 원천강의 신이라는 것이 다르다면 다릅니다. 그러나 바리가 여행한 저승에 바로 서천 꽃밭이 있고, 그 꽃밭에 죽은 이를 되살리는 환생화가 피어 있습니다. 무속의 세계에서 저승과 원천강은 그리 멀리 떨어져 있는 것이 아닙니다.

그런데 무속에서 바리데기는 무당들의 조상신으로 모셔집니다. 다른 말로 하면 모든 무당의 첫 무당이라는 것이지요. 저승에 가서 생명수와 환생화를 가져와 죽은 이를 치료한 바리, 다시 저승으로 돌아가 죽은 사람의 영혼을 인도하는 바리의 역할이 이승에서 무당들이 하는 역할과 똑같기 때문에 바리데기는 무당들의 조상신이 되었던 것입니다. 그렇다면 오늘이는 제주도 심방들의 조상신쯤 되지 않을까요? 전해지는 자료가 없기 때문에 추측이기는 합니다만, 제주도에서 심방들의 조상신을 찾으려면 오늘이가 해답이 아닐까 싶습니다. 그만큼 오늘이의 행로가 심방들의 행로와 닮았다는 것입니다.

무당과 심방은 여전히 우리 사회의 소수자들입니다. 과거에 비해 시각이 많이 달라졌다고는 하지만 비과학적이고 미신적이란 이유로 무속은 우리 사회의 뒷골목에 밀려나 터를 잡고 있습니다. 널리 알려져 있듯이 무속이 이런 처지에 빠진 데에는 조선 시대의 유교 이념이 큰 역할을 했습니다. 혹세무민한다는 이유로 무속은 유가(儒家)들의 공격 대상이 되었고, 그 결과 무당의 신분은 백정이나 광대와 다름없는 처지로 추락했지요. 사실 삼국 시대 이래 불교에 서서히 밀리기 시작하던 무속이 조선 시대에 와서 더는 밀릴 수 없는 지경에 이른 것이지요. 유학을 연구하는 학자들조차 몰래 무당을 찾고, 하층 백성들은 여전히 무속에 삶을 의지했지만 무속의 위치나 무당의 처지는 하층 백성들의 처지와 다를 바 없었습니다.

〈원천강본풀이〉는 바로 이런 소수자 심방들이 자신들의 처지를 투사하여 신굿에서 부르던 무가일 것입니다. 그러니 고아로 태어난 오늘이의 형상이야말로 조선 시대 이래 심방들의 처지를 그대로 반영하고 있는 것이 아닐까요? 그런데 〈원천강본풀이〉가 풀어내는 이야기를 따라가다 보면 알게 되는 것은 고아 오늘이가 사실은 세상의 시간을 관장하는 원천강 신의 딸이었다는 것이지요. 맨 밑바닥에 버려진 존재가 가장 위대한 존재라는 역설, 이런 이상한 패러독스가 〈원천강본풀이〉에는 숨어 있습니다.

앞 장에서부터 우리 고전 문학 작품들을 소수자의 시각에서 읽어 나가면서 여러 발견을 해 왔습니다만, 오늘 무속 신화를 통해 발견한 '역설'이야말로 소수자가 구사하는 최고의 수사학이 아닐까 생각해 봅니다. 역설(逆說)이란 통

설(通說)을 거스르는 말을 뜻합니다. 영어의 패러독스(paradox)라는 말도 그리스어의 파라독사(paradoxa)에서 나왔는데 파라독사란 통념(doxa)에 반하는(para) 것을 말합니다. 역설적 화법, 역설적 삶의 태도에는 세상의 통념에 저항하면서 새로운 길을 찾겠다는 인간의 의지가 숨어 있습니다. 고아는 현상으로만 보면 고아일 뿐이지만 고아 안에 신이 있다, 혹은 고아가 신의 딸이라는 발견이야말로 역설적 태도가 만들어 낼 수 있는 인간 정신의 진경이 아닐까요?

신화를 오래 읽고 듣다 보니 신화의 밑바탕을 이루는 의식은 대칭성이라는 생각이 듭니다. 순우리말로 바꾸자면 '어울림'이 좋겠군요. 어쩌면 어울림이 더 적절하겠다는 생각도 합니다. 대칭성이란 좌우가 균형을 이룬 상태를 말하는데 어울림은 좌우가 반드시 대칭을 이루지 않아도 이룩될 수 있는 상태니까요. 이를테면 이런 이야기의 구조가 대칭성이지요. 오구대왕이 중병에 걸렸는데 이승에는 약이 없습니다. 알고 보니 약은 저승에 있지요. 약을 구하러 가야 하는데 버리지 않은 딸들은 안 가겠다고 하고, 버린 딸 바리데기가 가겠다고 합니다. 그런 데다 남성인 아버지가 병이 걸렸는데 여성인 딸이 구한다는 것도 심상치 않지요. 이런 식으로 신화는 이승과 저승, 남성과 여성, 버리지 않은 딸과 버린 딸 등의 대립 쌍을 신화 안에 만들어 놓고는, 둘 사이의 어울림을 추구합니다. 이쪽이 기우뚱하면 저쪽이 받쳐 주고 저쪽이 병들면 이쪽에서 살려 주는 어울림을 시종일관 시도합니다.

〈원천강본풀이〉를 다시 볼까요? 매일이와 장상이가 어울리자 두 사람의 의문이 풀리지요. 홀로 피어 있던 꽃가지를 버리자 연꽃나무의 모든 꽃가지에 꽃이 솟아올라 꽃들의 어울림을 만들고, 버린 꽃가지를 오늘이가 갖자 신녀 오늘이가 되지요. 구렁이도 마찬가지입니다. 야광주 둘을 오늘이에게 주자 오늘이는 온전한 신녀가 되고 구렁이는 용이 되어 각자의 모자라던 상태가 충족됩니다. 기울어져 있던 한쪽의 문제가 해결되자 둘 사이의 대칭성이 이룩됩니다. 그렇게 신녀가 된 오늘이가 원천강에 머물면서 인간과 동식물들의 부조화를 해결하는 신의 역할을 하고 있다는 것이 〈원천강본풀이〉의 메시지입니다.

그렇다면 심방들은 왜 이런 이야기를 만들어 내었을까요? 자신들을 무시하는 사회를 향하여 칼을 겨눌 수도 있었을 텐데요. 역사상 일어났던 무수한 민란이 바로 그런 예들이지요. 칼을 든 오늘이가 연꽃나무나 구렁이를 괴롭히는 적을 물리치는 이야기를 만들 수도 있었을 텐데요. 그러면 심방들이 칼을 든 전사 오늘이를 신으로 모셨을 수도 있었을 텐데요. 저는 이런 이야기가 바로 '신화'이기 때문에 가능했다고 생각합니다. 신화는 인류의 역사와 더불어 존재한 가장 오래된 이야기, 인류의 근원적인 사유 자체이지요. 그런데 신화는, 특히 한국의 무속 신화는 전사 오늘이를 선택하지 않았습니다. 오히려 온갖 중생들의 짐을 대신 지고 가는 오늘이를 선택했습니다. 바로 심방 오늘이지요.

그런데 이런 선택이야말로 바로 앞에서 말한 역설입니다. 자신들을 사회의 주변으로 밀어내고, 자신들을 소수화한 사회를 위해 짐꾼 노릇을 마다하지 않는 모습, 다시 말하면 욕심을 버리고 자연의 이치를 거스르지 않아야 사회와 자연의 문제가 해결될 수 있다는 메시지를 전하는 역할을 마다하지 않는 심방 오늘이의 모습이 바로 역설이지요. 자신을 소외시키는 사회를 소수자가 포용하는 것, 버려진 자가 버린 자를 살린다는 무속 신화의 역설이야말로 신화적 사유의 진경산수화입니다. 그래야 사회와 자연의 대칭성이 회복되니까요. 소수자 무당의 다른 얼굴인 오늘이의 행로가 지닌 의미는 이런 것이 아닐까요?

9 너희가 과부를 아느냐?

너희가 과부를 아느냐?

'환과고독'이라는 말이 있습니다. 『맹자』에 나오는 말이지요. 환(鰥)은 홀아비, 과(寡)는 과부, 고(孤)는 부모 없는 아이, 독(獨)은 자식 없는 늙은이를 일컫습니다. 환과고독은 외롭고 의지할 데 없는 불쌍한 사람들, '레 미제라블'의 총칭입니다. 그러나 네 형편 가운데 으뜸은 과부의 처지가 아니었을까요? 과부 재가 금지법에 열녀 강박증까지 있었던 조선 시대라면 말입니다.

'열녀전(烈女傳)'이라는 글짓기 형식이 있었습니다. 열녀의 절개를 칭송하여 여성을 교화하려는 조선 왕조의 통치 이념이 집약된 문학 양식이었지요. 한데 이 열녀전 쓰기의 역사에는 참담한 대목이 있습니다. 17세기 후반쯤에는 남편이 죽었을 때 마땅히 따라 죽어야 열녀라는 이름을 얻을 수 있다는 담론이 만들어졌다는 것이지요. 김간(金榦, 1646~1732)이 지은 「열녀송씨전(烈女宋氏傳)」의 열녀를 잠깐 만나 볼까요?

「열녀송씨전」의 송 씨는 열여덟 살에 우도홍에게 시집가서 며느리, 아내로서 도리에 어긋남이 없었습니다. 그러다가 남편이 병으로 죽자 당연히 자결하려고 하지요. 그런데 주변 사람들이 말리자 자신이 죽어야 할 세 가지 이유를 댑니다.

> 나이가 어리니 응당 죽어야 하고, 아들이 없으니 응당 죽어야 하며, 시부모님을 모실 다른 아들이 있으니 응당 죽어야 합니다. 내 뜻은 결정되었습니다. 다만 생각건대 내가 시집온 지 얼마 되지 않아 이런 화를 입은 것은 평소 지아비를 섬기는 도리를 다하지 못한 때문입니다.

송 씨는 아내의 도리를 다하지 못해 남편이 죽었다고 자책합니다. 남편의 죽음이야 본래 부실했던 건강 탓이었지만 그것마저도 제 탓으로 여기며 죽을 이유를 찾고 있습니다. 의지할 아들도 없이 과부의 삶을 이어 가는 것보다 죽는 게 낫겠다는 속마음도 없지 않았겠지만 그보다는 순절을 통해 남편과 가문을 욕되지 않게 해야 한다는 무언의 압력이 더 컸을 것입니다. 송

씨의 순절은 조선 후기 여성의 삶, 특히 과부의 형편을 극적으로 보여 줍니다.

그렇다면 죽고 싶어도 죽을 수 없었던 과부들은 어떻게 살았을까요? 18세기 말에 『자기록』(1792)이라는 자서전을 쓴 풍양 조 씨 부인(1772~1815)의 말을 들어 보지요.

> 나의 어릴 적 알던 바 행적만 대강 기록하나… 어찌 능히 다 형용하여 기록하리오? 겨우 만의 하나를 기록할 새, 아버지의 인자명철(仁慈明哲)하신 두어 이야기를 올리고, 다시 나의 궁한 팔자와 머리 올린 느꺼운 설움으로써… 결혼 초로부터 지아비의 환후시말(患候始末)과 봉변지사(逢變之事)까지 대강을 기록하여 눈앞의 일같이 잊지 말며 뒷사람들이 내 일을 알게 하고자 잠깐 기록했으나 마음과 뜻이 어지러워 자세함을 얻지 못했다.

『자기록』의 서두 부분입니다. 조 씨는 자신이 겪었던 설움을 기록하여 스스로 잊지 않으려고, 또 뒷사람들에게 알리려고 글을 쓴다고 밝히고 있습니다. 대체 어떤 팔자였을까요?

조 씨는 무과에 급제하여 현감을 지냈던 조감의 딸로 열다섯에 청풍 김씨 집안의 외동아들 김가기에게 시집갔다가 나이 스물에 과부가 됩니다. 그런데 그때까지 자식이 없었어요. 당시 분위기로 보면 길은 하나뿐이었습니다. 송 씨처럼 자결하여 열녀가 되는 길! 그래서 조 씨는 남편의 임종이 임박해지자 자결하려 합니다. 그러나 눈치를 챈 친정아버지와 언니가 만류합니다. "네가 죽으면 시부모는 누가 모시느냐?" 이 효의 윤리 앞에 조 씨는 손을 듭니다. 조 씨한테는 양자를 얻어 김씨 집안의 제사를 잇게 해야 하는 책무가 있었던 것입니다.

그런데 『자기록』의 대부분을 차지하는 것은 남편과의 관계에 대한 진술입니다. 그것도 과거 공부를 하다 얻은 병으로 3년 가까이 누워 있던 남편의 병 수발에 집중되어 있습니다. 병상 일지라고 해도 좋을 정도로 남편이 먹은 것, 의원의 처방, 변의 상태 등등을 자세히 기록하고 있습니다. 의원도 아닌데 이런 세부 사항을 왜 기록으로 남겼을까요? 조 씨는 자신이 자결하지 못하고 살아남아 얼마나 열심히 시부모를 모시며 남편에 대한 도리를 다했는지 변호하고 싶었을 겁니다. 죽어서 열녀가 되지는 못했지만 그에 필적하는 여성으로서의 소임을 다했다고 말하고 싶었던 것이지요.

『자기록』은 열녀가 되려다 실패한 여성의 자기 고백서이자 삶을 지속할 수밖에 없었던 이유를 밝힌 존재 증명서입니다. 자신의 존재를 증명하기 위해 조 씨는 기록을 남기지 않을 수 없었던 것입니다. '보쌈'의 형식으로 과부의 새 길을 열어 주는 사례도 없지 않았겠지만 양반 집안 과부들은 대부분 시부모를 모시고 제사를 이어야 한다는 이념의 노비였습니다. 죽고 싶어도 죽을 수 없는!

풍양 조 씨와는 다른 방식으로 자신의 존재를 증명하려 한 과부도 있습니다. 『규한록(閨恨錄)』을 남긴 이 씨 부인이 그런 여성이었습니다.

광주 이 씨(1804~1863)는 해남 윤씨 고산 윤선도의 8대 종손이었던 윤광호한테 시집을 갑니다. 그때가 열일곱이었지요. 그런데 남편은 몸이 약한 사람이었습니다. 사실 이 씨는 남편의 얼굴도 제대로 익히지 못했습니다. 결혼한 해 봄까지 50여 일을 살았지만 한 지붕 아래 있었던 것은 사흘뿐이었기 때문이지요. 이렇게 황망히 과부가 되어 43년을 살았습니다.

이 씨는 청상과부로 살고 싶지 않았습니다. 따라 죽으려고 했지요. 그러나 죽을 수도 없었습니다. 자식이 귀했던 윤씨 가문의 종부가 되었으니 양자를 들여서라도 가문을 보존해야 한다고 집안 어른들이 만류했기 때문입니다. 죽을 수도 없고 살기도 막막한 상황, 풍양 조 씨보다 더 우울한 심정이었겠지요.

『규한록』은 사실 제목이 붙어 있지 않은 편지글입니다. 제목은 학자들이 그럴듯하게 붙인 것이지요. 왜냐하면 종부로서의 한을 토로한 편지니까요. 어떤 한이었을까요? 죽지 않고 종부의 삶을 선택한 이 씨에게 종가를 관리하던 시삼촌들이 가문을 이을 양자를 들이라고 요구합니다. 자신들의 자제 가운데서 말이지요. 그렇게 되면 종가 재산 등을 시삼촌들이 좌지우지하게 되겠지요. 여기에 이 씨는 맞섭니다. 그는 충남 서천에 사는 10촌 조카를 양자로 들입니다. 이렇게 되니 시삼촌들이 등을 돌립니다. 문중에서 평판이 나빠지고 경제적인 어려움에 빠집니다. 집안의 종들도 말을 듣지 않지요. 속이 부글부글 끓어오릅니다.

서른한 살 광주 이 씨는 이런 상태에서 친정으로 피난을 갑니다. 『규한록』은 거기서 탄생합니다. 거기서 이 씨는 시어머니 양천 허 씨를 수신인으로 삼아 편지를 씁니다. 편지의 내용이 편할 리 없지요. 당연히 하소연이 주를 이룹니다. 그런데 『규한록』은 우리의 기대와 상상력을 뛰어넘습니다. 이 씨는 서간의 형식도 무시하고 '미친 여자'처럼 다짜고짜 시어머니한테 온갖 말을 쏟아 놓습니다.

이 씨는 무례하게도 자신을 "미땅히 죽어야 옳은 목석같은 며느리"라고 부릅니다. 한데 이 정도는 약과입니다. 자신을 "병신 둔질", "밥 먹는 귀신", "개똥의 버러지"라고 자학할 뿐만 아니라 "고막에같이 썰어 죽일 년", "자부가 뒈지려고 그리하오면"과 같은 욕설도 남발하지요. 시어머니의 화를 잔뜩 돋우어 놓고는 이렇게 마무리합니다. "조용히 감하시고 부풀리지 마옵시기 바라나이다." 시어머니를 협박하는 느낌이 들 정도로 감정적인 문장이지요.

이 씨 부인은 왜 그랬을까요? 편지를 꼼꼼히 읽어 보면 사대부가의 종부라고 상상할 수 없을 정도로 언어가 아주 거칠어요. 같은 말을 중언부언 반복하고, 아주 수다스럽기도 합니다. 비논리적인 것은 말할 것도 없고요. 이건 정상적인 심리 상태의 표현이라고 할 수 없습니다. 마치 정신 분열증에 걸린 사람처럼 쓰고 있는 것이지요. 아무리 생각해도 종부로서의 위치를 확보하기 위한 전략적 글쓰기로 보이지는 않습니다. 그럼 무얼까요?

이 씨 부인은 윤씨 가문의 소수자였습니다. 이 소수자의 편지는 두 가지 추론을 가능케 합니다. 하나는 규범을 벗어나는 이 씨 부인의 언어가 일차적으로는 자기를 치유하는 과정이었다는 것이지요. 소리 질러 울화를 토로함으로써 평정심을 회복하는 방법 말입니다. 이 씨 부인이 나중에 가문을 크게 일으켜 '한실 할머니'로 집안의 존경을 받았다는 사실이 그것을 증명합니다. 다른 하나는 한 소수자의 거친 언어가 조선 후기의 양반 가문에서 여성 억압이 얼마나 극심했는지를 생생하게 보여 준다는 것이지요.

사정이 이러한데 제정신 박힌 사람이라면 이념을 욕해야지 과부를 욕할 수 있겠습니까? 과부 이야기의 명작으로 꼽히는 박지원의 「열녀함양박씨전(烈女咸陽朴氏傳)」(1793)이 제기하는 문제가 바로 이것이었습니다.

과부의 아들 형제가 높은 벼슬자리에 있었는데, 여론이 안 좋은 과부의 자손이라는 이유로 어떤 선비의 벼슬길을 막으려고 합니다. 그러자 어머니가 "너희가 과부를 아느냐?"면서 가슴속 사연을 털어놓지요.

"앉거라. 내가 너희들에게 보여 줄 것이 있다."

라고 하면서 품속에서 엽전 한 닢을 꺼냈다.

"이것에 테두리가 있느냐?"

"없습니다."

"이것에 글자가 있느냐?"

"없습니다."

그러자 어머니가 눈물을 흘리며 말하였다.

"이것은 네 어미가 죽음을 참을 수 있었던 부적이다. 십 년 동안 손으로 만져서 다 닳아 없어진 것이다. …과부란 고독한 처지에 놓여 슬픔이 지극한 사람이다. 혈기가 때로 왕성해지면 어찌 과부라고 감정이 없을 수 있겠느냐? 가물거리는 등잔불에 제 그림자 위로하며 홀로 지새는 밤은 어렵기도 어렵더라. 또 처마 끝에서 똑똑 빗물이 떨어지거나 창에 비친 달빛이 하얗게 흘러들며, 잎새 하나가 똑 떨어져 뜰에 날리거나 외기러기 하늘에서 울며 날아가고, 멀리서 닭 울음소리도 들리지 않는데 어린 종년은 세상 모르고 코를 골면, 이런저런 근심으로 잠 못 이루는 밤, 그 고통을 누구에게 하소연하랴. 그럴 때면 나는 이 엽전을 꺼내 굴려서

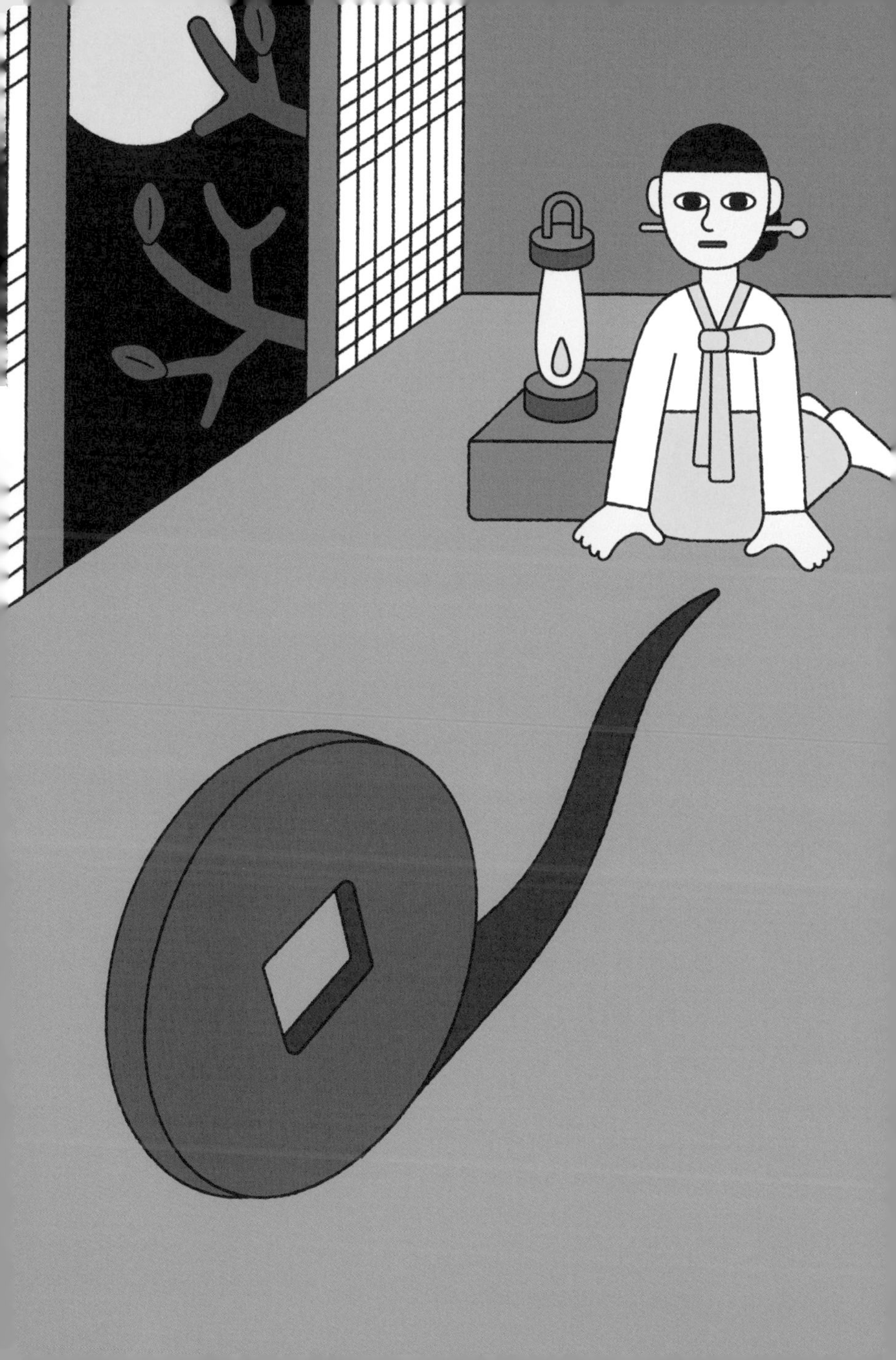

온 방을 더듬고 다니는데, 둥근 것이라 잘 달아나다가도 턱진 데를 만나면 주저앉는다. 그러면 나는 그것을 찾아 또 굴리곤 했다. 하룻밤에 보통 대여섯 번을 굴리고 나면 동쪽 하늘이 밝아 오더구나. 십 년 사이에 해마다 굴리는 횟수가 줄어들어 십 년이 지난 후에는 때로는 닷새 밤에 한 번 굴리기도 하고 때로는 열흘 밤에 한 번 굴렸는데 혈기가 쇠해진 뒤로는 더 이상 엽전을 굴리지 않게 되었다. 그런데도 내가 이것을 열 겹이나 싸서 이십 년 넘게 간직해 온 것은 엽전의 공로를 잊지 않기 위해서일 뿐만 아니라 때때로 나 자신을 경계하기 위함이었다."

말을 마치자 모자는 서로 붙들고 울고 말았다.

작품 속 형제만이 아니라 독자들도 따라 울지 않을 수 없는 사연입니다. 이십여 년을 만지고 굴려 윤곽이 지워지고 글자가 희미해진 엽전. 조 씨 부인은 밤을 새워 자서전을 썼고, 소설 속 과부 박 씨는 밤새 엽전을 굴렸습니다. 순절보다 어려운 과부의 평생! 그러니 누가 죽지 못한 과부를 열녀가 아니라고 욕할 수 있단 말입니까?

그러나 「열녀함양박씨전」의 속뜻은, 이런 반문에만 있지는 않았을 겁니다. 열녀 만들기가 유행처럼 횡행하던 18세기 말

조선 사회가 얼마나 야만적이었는가를 내심 말하고 싶었던 것이 아닐까요? 지배자의 목적을 위해 소수자들을 이용하는 사회는 예나 지금이나 불량 사회일 수밖에 없다는 것을 무명의 과부들은 눈물로 증언하고 있는 셈이지요.

10

조선의 노처녀, 미친 꿈을 꾸다

조선의 노처녀,
미친 꿈을 꾸다

옛적에 한 여자가 있으되 일신이 갖은 병신이라. 나이 사십이 넘도록 출가치 못하여 그저 처녀로 있으되, 옥빈홍안(玉鬢紅顔)이 스스로 늙어 가고 설화부용(雪花芙蓉)이 공연히 없어지니, 설움이 골수에 맺히고 분함이 심중에 가득하여 미친 듯 취한 듯 좌불안석하여 세월을 보내더니, 가만히 탄식 왈 "하늘이 음양을 내심이 다 각기 정함이 있거늘 나는 어찌하여 이러한가. 섧기도 측량없고 분하기도 그지없네."

조선에 한 여자가 있었습니다. 사십이 넘도록 시집을 못 간 여자, 이름하여 노처녀! 스물만 넘어도 노처녀로, 불효녀로 불리던 시대에 사십이 넘도록 처녀였다면 문제도 보통 문제가 아니었을 것입니다. 조선 후기 작자 미상의 가사 「노처녀가」는 이런 심각한 주제를 동시대인들에게 툭 던집니다.

「노처녀가」는 하나가 아닙니다. 양반 집안의 40대 노처녀가 심경을 토로하는 짧은 「노처녀가」가 있어요. 가난한 데다 양반의 체면을 차리다가 혼기를 놓친 설움을 탄식하지요. 하나가 더 있는데 이 작품의 노처녀는 서민 집안 출신에다 "갖은 병신에 둘도 없는 추녀"로 묘사됩니다. 이 노처녀는 처지를 탄식하는 데서 그치지 않고 오십이 다 되어 가는데도 희망을 버리지 않습니다. 꿈이 현실이 되어 결혼해서 쌍둥이 아들을 얻는 데까지 이릅니다. 이런 긴 이야기를 하려다 보니 자연스레 노래가 길어집니다.

긴 「노처녀가」는 일반적인 가사 형식을 깨고 시작하는 대목과 끝맺는 대목에 산문적 진술을 덧붙입니다. 설명이 액자처럼 노처녀의 이야기를 둘러싸고 있는 형식입니다. 그리고 길어지면서 이야기가 재미있어지다 보니 가사가 아니라 소설처럼 소비되었어요. 그래서 20세기 벽두가 되면 영리를 목적으로 찍은 방각본 단편 소설집 가운데 하나인 『삼설기(三說記)』의 한 작품으로 수록되기도 하지요. 병신 노처녀의 이야기가 대중들의 인기를 얻었다는 뜻입니다. 그만큼 긴 「노처녀가」가 더 문제적인 작품이라는 뜻이기도 하고요.

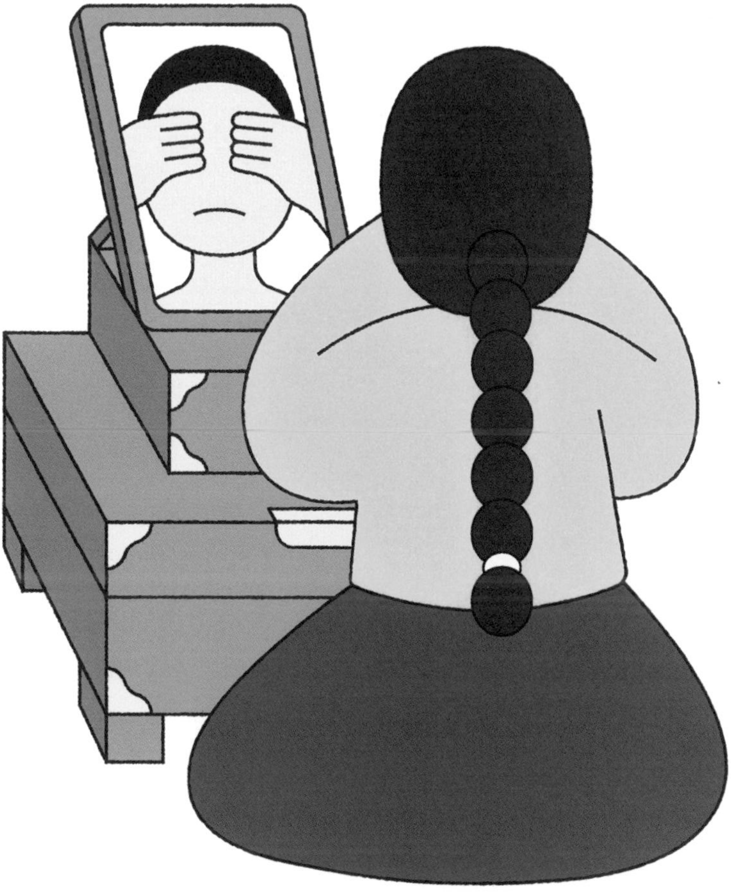

그런데 긴 「노처녀가」가 특별히 주목되는 데는 다른 까닭이 더 있습니다. “일신이 갖은 병신이라”는 것! 「노처녀가」는 노처녀의 한탄을 통해 그 ‘꼴’을 묘사합니다. 검고 얽은 얼굴, 애꾸눈에다 반쯤 귀머거리, 게다가 팔다리도 온전치 못한, 심하게 말하면 ‘병신 중에도 상병신’이라는 것이지요. 조선과 같은 남성 중심 사회에서 여자로 사는 것도 서러운데 몸까지 불편하니 이중 삼중의 고초를 지문처럼 지니고 사는 여자, 노처녀는 참으로 딱한 여자인 셈입니다.

이런 장애 여성에 대한 눈길이 조선 시대라고 다를 리 없었을 것입니다. “앉은뱅이 용쓴다.”, “병신 육갑한다.”, “곱사등이 짐 지나 마나”와 같은 속담과 관용구들은 무슨 말을 하고 있을까요? 신체적 소수자에 대한 조롱과 멸시의 시선이 일반적이었다는 것을 말하지요. 그러나 같은 장애인이라도 남성과 여성의 처지는 달랐습니다. 다산 정약용이 쓴 「소경에게 시집간 강진 여자(道康瞽家婦詞)」라는 시가 그런 현실을 적실히 고발하고 있습니다.

빙 둘러 애기 듣던 사람들 聽者如堵墻

쯧쯧 어쩌나 어쩌나 喞喞復咄咄
애처롭다 아리따운 저 여인 哀哉彼姝子
어쩌다 소경의 짝이 되었을까? 夫豈瞽之匹

말을 하는 사람은 열여덟에 소경의 아내가 된 여인의 어머니입니다. 어린 처녀는 마흔아홉의 중늙은이에다 몰골도 추한 소경한테 시집을 갑니다. 가난 때문에 팔려 간 것이지요. 그것도 서러운데 전처 자식들의 학대와 남편의 폭력이 사납습니다. 견디다 못해 도망쳐 머리를 깎았는데 금방 관가에 고발당해 끌려가는 처지가 되었던 것이지요.

소경이 세 번씩이나 결혼을 할 수 있었던 이유는 재산 때문입니다. 판수[1] 노릇을 해서 돈을 좀 모았던 것이지요. 강진 처녀가 시집을 갈 수 있었던 것은, 아니 팔려 갈 수 있었던 까닭은 가난했지만 아리따운 처자였기 때문입니다. 그러나 「노처녀가」의 노처녀는 재산이 있더라도 남편을 얻을 수 있는 처지가 아니었습니다. 신체적 불구가 여성에게는 더 큰 흠이었던 것입

1. 점치는 일을 직업으로 삼았던 시각 장애인을 가리킨다.

니다. 같은 장애인이라도 남성이 겪는 차별과 여성이 겪는 차별은 달랐던 것이지요. 더구나 재산마저도 없는 노처녀는 조선 사회의 맨 구석에서 멸시와 조롱의 먼지를 뒤집어쓸 수밖에 없는 소수자 중의 소수자였던 것입니다.

그런데 「노처녀가」가 심상치 않은 것은 노처녀가 이런 상황을 돌파하는 방법입니다. 이 노처녀는, 조롱하는 자들의 시선으로 보자면, 그야말로 '병신 육갑'하지요. 노처녀는 조롱과 멸시의 시선을 회피하지 않습니다. 신체가 온전해서 시집 잘 간 언니나 동생과 비교하는 짓을 그만두고 자신의 실상과 솔직히 대면합니다.

내 비록 병신이나 남과 같이 못할쏘냐? 내 얼굴 얽었다 마소. 얽은 구멍에 슬기 들고. 내 얼굴 검다 마소. 분칠하면 아니 흴까? 한편 눈이 멀었으나 한편 눈은 밝아 있네. 바늘귀를 능히 꿰니 버선볼을 못 박으며, 귀먹다 나무라나 크게 하면 알아듣고, 천둥소리 능히 듣네. 오른손으로 밥 먹으니 왼손 있어 무엇할꼬? 왼편 다리 병신이나 뒷간 출입 능히 하고, 콧구멍이 맥맥하나 내음새는 일쑤 맡네. 입술이 푸르지만 연짓빛을 발라 보세. 엉덩뼈가 너르기는 해산 잘할 장본(張本)이오. 목이 비록 옴쳤으나 만져 보면 없을쏜가?

한쪽 눈, 한쪽 귀, 한쪽 다리, 한쪽 손으로 못할 것이 없다는 인식, 아이 잘 낳고 바느질 잘하고 음식 잘하고 부모 효도에도 모자랄 것이 없다는 자아 인식이 신체적 불구에 대한 서술 뒤에 이어지고 있어요. 자신의 몸에 대한 재인식, 나아가 삶에 대한 적극적 인식이 독백의 노래 속에 담겨 있는 것입니다. 세상 사람들의 편견으로부터 도망치는 것이 아니라 적극적으로 맞서는 것이지요.

하지만 「노처녀가」의 문제의식은 여기서 멈추지 않습니다. 노래가 좀 더 이어지면, 그럼에도 불구하고 자신의 가치를 알아주지 않는 현실에 대한 불만을 분출합니다. 그런데 그 불만은 조선 시대 여성으로서는 겉으로 드러낼 수 없는 난처한 감정입니다. 불만을 드러내는 일은 '여자는 여자다워야 한다'는 당대의 윤리에 위배되기 때문이지요. 「노처녀가」는 이 윤리를 무시하고 파괴하는 데까지는 나아가지 않습니다.

그래선지 노처녀는 "날이 가고 달이 가매, 갈수록 설운 심사 어찌하고 어찌하리. 베개를 탁 던지고 입은 채 드러누워, 옷가슴을 활짝 열고 가슴을 두드리며, 답답하고 답답하다. 이 마음을 어찌할꼬? 미친 마음 절로 난다."라고 토로합니다. 불만이 안으로 맺혀 울화병을 일으키고, 울화병은 노처녀를 심리적 분열 상태로 이끌었던 것이지요. 미친 마음이 절로 날 수밖에 없는 까닭이 여기에 있습니다.

이런 '미친 마음'을 보상받기 위해 이 '미친' 여자가 꿈을 꾸는 것은 어쩌면 당연한 것인지도 모르겠습니다. 꿈이라도 꾸지 않으면 정말 미쳐 버릴 테니까 말입니다. 『규한록』의 작자 광주 이 씨가 미치지 않으려고 시어머니한테 편지를 썼다면 노처녀는 미치지 않으려고 상상의 나래를 펼칩니다. 꿈속에서 맘에 두고 있던 김 도령과 백년가약을 맺는 것이지요.

한데 「노처녀가」가 재미있는 것은 이 꿈을 꿈으로 버려두지 않는다는 데 있습니다.

가련하고 불쌍하다. 이런 모양 이 거동을 신령(神靈)은 알 것이니 지성이면 감천이라 부모들도 의논하고 동생들도 의논하여 김 도령과 의혼(議婚)하니 첫마디에 되는구나. 혼인 택일 가까우니 엉덩춤이 절로 난다. 주먹을 불끈 쥐고 종종걸음 보살피며 삽살개 귀에 대고 넌지시 이른 말이 나도 이제 시집간다. 네가 내 꿈을 깨던 날에 원수같이 보았더니 오늘이야 너를 보니 이별할 날 멀

> 지 않고 밥 줄 사람 나뿐이랴. 이처럼 말한 후에 혼일이 다다르니 신부의 칠보단장 꿈과 같이 거룩하고 신랑의 사모 풍대 더구나 보기 좋다. …혼인한 지 십 삭 만에 옥동자를 순산하니 쌍태(雙胎)를 어이 알리. 즐겁기 측량없네. 모두가 영준(英俊)이오, 문재(文才)가 비상하다. 부부의 금슬 좋고 자손이 만당(滿堂)하며 가산이 부요(富饒)하고 공명이 이음차니 이 아니 무던한가.

마치 온갖 수난을 겪던 고전 소설의 여주인공들이 뜻을 이루고 복을 받는 것처럼 「노처녀가」도 해피 엔딩입니다. 꿈에서나 그리던 김 도령과 결혼을 했을 뿐만 아니라 똑똑한 쌍둥이 아들을 얻고 부와 명예까지 차지하니까요. 그러나 이런 해피 엔딩은 현실에서는 좀처럼 일어나기 어렵습니다. '꿈같은 현실'이고, 그래서 꿈과 다를 바 없는, 꿈의 연장이라고 해도 좋을 것입니다.

「노처녀가」는 한 조선 노처녀의 탄식과 자각, 그리고 꿈과 꿈의 실현이라는 일련의 과정을 소설처럼 보여 줍니다. 어떻게 생각하면 이 노처녀의 결혼과 행복한 결말은

현실에서는 불가능한 상상의 세계일 수 있습니다. 그러나 이런 비현실적인 세계를 창조함으로써 「노처녀가」는 우리에게 신체적 소수자에 대한 다른 시각을 선물합니다.

노처녀는 혼자서 상상하기를 좋아했습니다. 꿈속에서 혼시를 치르면서 친지들의 축하를 받기도 하고, 꿈에서 깬 뒤에는 꿈속 일을 되새기면서 혼자 신부 단장을 하고 홍두깨를 신랑 삼아 가상 결혼을 해 보기도 합니다. 이런 절실한 행위들은 신체적 차이에도 불구하고 노처녀 역시 우리와 동일한 욕망을 지닌 존재라는 것을 깨닫게 해 줍니다. 그저 웃어넘길 수 없는 반성적 성찰을 예나 지금이나 독자들에게 주는 것이지요.